Momo des Coquelicots

tempo

Couverture illustrée par Beatrice Alemagna

ISBN : 978-2-74-850923-6

Yaël Hassan

Momo des Coquelicots

SYROS

1

Déjà que la vie n'était pas drôle tous les jours pour Momo de la cité des Bleuets avant qu'il ne fasse la connaissance de monsieur Édouard, depuis que celui-ci l'a quitté, c'est encore pire !

Certes, les immeubles ont été repeints ; d'abord par les amis de monsieur Édouard (résidents eux aussi de la maison de retraite des Belles Feuilles), puis par toutes les bonnes volontés de la cité elle-même. Ils avaient réparé, peint, rénové, nettoyé, semé, planté et ainsi réussi tant bien que mal à la parer des couleurs de l'espoir en des jours meilleurs.

Certes, le maire en personne s'était déplacé, suivi de toute sa clique et de la presse locale. Il avait fait un discours louant leur courage et leur esprit civique, émaillant ses propos de promesses de budget, de plans de sauvetage, d'intégration, de travail...

Mais, les makrouds à peine engloutis, il avait serré quelques mains de ses doigts collants et tout le monde était reparti aussi sec.

Envolés les espoirs, disparues les promesses !

Et disparu monsieur Édouard qui l'avait sacré petit prince des Bleuets.

Désormais, Momo n'est plus le prince d'aucun royaume et la cité des Bleuets a rapidement perdu de ses couleurs.

Il est redevenu Mohammed Beldaraoui, un élève de sixième presque comme les autres.

Oui, presque, parce qu'il lui reste quand même quelque chose de précieux à Momo, un bien plus précieux encore que n'importe quel joyau de la couronne : ses souvenirs. Ceux-là, jamais ils ne s'envoleront. Momo les garde bien au chaud au creux de sa mémoire. Même qu'il les emporte avec lui à chaque fois qu'il s'échappe sur son île déserte, le seul endroit au monde où poussent des bleuets multicolores.

Et puis, surtout, il lui reste les livres que lui a légués monsieur Édouard ; deux caisses entières pleines de livres rien que pour Momo. Du coup, Fatima lui a offert trois belles étagères qu'ils ont accrochées ensemble au-dessus de son lit. Ça n'a pas été facile et ils auraient bien aimé qu'Ahmed, leur grand frère, leur file un coup de main mais il ne fallait pas trop compter sur lui. Ahmed n'est pas du genre à aider sa famille à accrocher des étagères au mur pour y mettre des livres. Non,

Ahmed est plutôt du genre à rester toute la journée allongé sur son lit à fumer des cigarettes qui sentent mauvais ou alors à retenir les murs de la cité avec ses copains, tout en refaisant le monde; un monde où personne d'ailleurs n'aurait envie de vivre, comme se moque Fatima.

En plus, quand ils ont fait les trous dans le mur avec la perceuse louée au magasin de bricolage, il est sorti comme un fou de sa chambre en hurlant:

– Il n'y a pas moyen de dormir dans cette baraque, ou quoi?

Fatima s'est contentée de hausser les épaules en levant les yeux au ciel.

Il y a longtemps qu'elle a renoncé à discuter avec Ahmed, Fatima.

N'empêche, elle est bien la seule de la famille à lui tenir tête et à n'en faire qu'à la sienne!

Souvent, Momo regrette d'être le plus petit et d'avoir à subir la loi de ses aînés, comme Rachid et Rachida, les jumeaux qui lui font plein de misères, ou encore Yasmina qui lui dit « Momo, fais ci, Momo, fais ça ! ». Quant à Ahmed, n'en parlons pas. Lui, pour un oui ou pour un non, il file des claques. En fait, il n'y a que Fatima qui soit vraiment gentille avec Momo. Et sa mère, bien sûr, qui l'appelle « mon petit Momo génie » et qui bombe le torse quand elle parle de lui avec ses amies. Il faut dire que ce n'est pas tous les jours que madame la directrice de l'école primaire se déplace en personne jusqu'à la cité pour venir vanter les mérites d'un de ses élèves. Mais elle l'avait fait pour Momo à la fin de son CM2.

Alors, elle peut être fière de lui, sa maman.

Son papa aussi d'ailleurs, mais celui-ci, le pauvre, il va de moins en moins bien, ou plutôt de plus en plus mal. Il ne s'est jamais remis de sa chute d'un échafaudage directement dans le coma et, ces derniers temps, il est très fatigué et est devenu taiseux et taciturne. Même ses copains Mamadou et Boubakar qui venaient tous les jours jouer aux cartes avec lui ne parvenaient plus à le dérider et ont fini par déserter.

Il passe désormais des journées entières assis devant la fenêtre, le regard rivé aux tours de béton gris qui bouchent l'horizon. Momo sait à quoi pense son père. Il pense aux lumières chaudes et rieuses de son pays natal.

Si Momo est le seul à le savoir, c'est parce qu'il est aussi le seul à rester auprès de son papa, après l'école, lui faisant la lecture ou lui tenant juste la main, en silence.

Momo connaît le silence. Monsieur Édouard le lui a appris. Il ne lui fait donc pas peur ; contrairement à beaucoup de gens que cela gêne. Quand la maladie d'Alzheimer avait brutalement gagné du terrain, quand le vieil homme avait commencé à avoir des absences de plus en plus fréquentes et longues, tout comme madame Rosa dans *La Vie devant soi*, et qu'il demeurait ainsi des heures, lui aussi, silencieux, le regard perdu au loin, Momo attendait patiemment qu'il revienne.

Momo comprend que l'on ait besoin de s'évader de temps en temps. Lui-même le fait régulièrement quand la réalité est trop lourde à affronter.

Mais la dernière fois que Momo s'est assis auprès de son père en rentrant du collège, celui-ci s'est mis à parler :

– Mon petit Momo, je sais que toi, tu réussiras ta vie. Je regrette tellement de ne pas être là pour le voir…

– Mais tu es là, mon papa ! lui a-t-il vivement rétorqué.

– Plus pour longtemps, mon fils. La vie me quitte et…

– Non, papa, je ne veux pas que la vie te quitte ! Je ne veux pas que toi aussi tu partes, comme monsieur Édouard !

Momo a explosé en sanglots en se jetant au cou de son père qui s'est alors tu, caressant la tête de son fils et mêlant ses propres larmes aux siennes.

Puis il a ajouté :

– Regarde, mon fils, là, dans le tiroir du buffet ! Vas-y ! Il y a un carnet rouge. C'est de l'argent que j'ai mis de côté à la banque pendant longtemps. C'est pour payer tes études plus tard… Tu le prends et tu n'en parles à personne, tu m'entends ?

Momo a secoué la tête. Il ne voulait pas de cet argent.

– Regarde, c'est ton nom qui est marqué dedans, *Mohammed Beldaraoui*. Il faut que tu le prennes et que tu le gardes. Quand tu seras un étudiant, tu iras à la banque et tu retireras l'argent.

Pour ne pas attrister davantage son papa, il a fini par prendre le carnet rouge et l'a glissé dans sa boîte à secrets.

Il l'y a aussitôt oublié.

2

Heureusement qu'il a l'école, enfin le collège, maintenant. Car Momo aime y aller. Il a toujours aimé apprendre et quand le professeur de français, au début de l'année, avait lu sa rédaction sur l'amitié devant toute la classe, pour Momo ça avait été un des plus beaux jours de sa vie.

Au collège, Momo n'a pas trop de copains. Il n'aime pas les jeux de garçons comme le foot et encore moins les jeux de bagarre auxquels s'adonnent les « durs » de sa classe. C'est devenu la mode, ça. On s'attaque à quelqu'un sans défense juste pour le plaisir de lui faire mal. Momo craint fort qu'un jour cela lui tombe dessus. Alors, il essaie de se faire tout petit, de ne pas se faire remarquer.

Mais il a une amie, Émilie.

Émilie est aussi blonde que Momo est brun. Pour Momo, c'est une vraie princesse car il faut avoir les cheveux d'or comme ceux du petit prince de Saint-Exupéry pour être prince ou princesse. Et monsieur Édouard avait beau prétendre qu'il connaissait des tas de princes avec une tête semblable à la sienne, comme, par exemple, le roi Fayçal d'Arabie, l'émir du Koweït, le prince Hussein de Jordanie, le roi Mohammed du Maroc et le prince Rainier de Monaco, et que la couleur des cheveux n'a rien à voir avec la royauté, Momo n'était pas dupe. Il savait parfaitement que monsieur Édouard disait cela pour lui faire plaisir.

Monsieur Édouard était le premier ami de Momo.

Émilie, elle, est sa première amie de son âge.

Tout comme lui, elle aime lire et écrire, et voudrait plus tard devenir écrivain.

Momo, lui, sait déjà qu'il sera écrivain français comme Romain Gary. Il sait aussi que pour cela il doit avoir lu tous les livres de la Terre et appris tous les mots de la langue française. Ignorant combien de mots il lui faudrait retenir, il s'est renseigné auprès de Souad, son amie du bibliobus au sourire de fleur, qui lui a offert son propre exemplaire de *La Vie devant soi*, le livre numéro deux de la bibliothèque personnelle de Momo, parce que le héros s'appelle Momo, lui aussi. Même qu'elle lui avait mis un petit mot à l'intérieur : *Pour Momo, avec toutes mes amitiés, Souad.*

Parce que Souad, elle lui avait donné d'un seul coup toutes ses amitiés, à Momo, pas qu'une seule.

« Voilà un cœur bien généreux ! » s'était exclamé monsieur Édouard en lisant la dédicace.

– Souad, combien de mots il y a dans la langue française ? lui a-t-il demandé.

Elle a écarquillé tout grand ses yeux noirs :

– J'avoue que je n'en sais rien, mais je vais me renseigner.

La semaine suivante, elle a certes une réponse mais pas complètement satisfaisante pour Momo :

– Je ne peux pas te donner le nombre exact de mots que contient la langue française, Momo, c'est impossible car une langue n'est pas quelque chose de figé, d'immuable. Une langue bouge. Il y a des mots qui naissent, des mots qui meurent...

– Des mots qui meurent ! s'affole Momo. Mais qui les tue ?

– Personne, rassure-toi. Ils meurent de leur belle mort, de vieillesse. Plus personne ne les utilisant, ils n'ont plus de raison d'être. Ils disparaissent des dictionnaires et laissent leur place à de nouveaux mots.

– Mais qui fait ça, Souad ?

– Les académiciens. Leur travail consiste à perpétuellement perfectionner la langue française, tu comprends ?

Momo opine mollement de la tête.

Trop de choses le dépassent encore. Et ces mots que l'on tue le laissent perplexe.

– Pour simplifier, poursuit-elle, disons que le *Petit Larousse* et le *Petit Robert* comptent environ 60 000 mots chacun. Le *Grand Robert de la langue française* traite, lui, de 80 000 mots… Alors, je pense qu'on peut évaluer ce nombre *grosso modo* entre 60 000 et 80 000.

– Donc ça fait 70 000 mots ?

– Oui, environ.

– Mais tout juste ?

– Non, soupire Souad, pas tout juste.

Momo se dit qu'à coup sûr monsieur Édouard, lui, aurait su.

Mais il n'en veut pas à Souad qui cherche tout le temps à l'aider et essaie de lui fournir les réponses les plus précises qui soient.

– Dans mes recherches, j'ai appris aussi qu'un collégien de sixième connaît environ 6 000 mots.

Momo reste sans voix. 6 000 mots seulement ! Ce qui veut dire qu'il doit encore en acquérir 64 000 !

Il a donc du pain sur la planche.

La question le préoccupe toute la journée.

Le soir, il sort sa calculette et fait le calcul suivant :

« Si je veux devenir écrivain à dix-huit ans, il me reste sept ans pour apprendre 64 000 mots, ce qui fait 9 142,85 mots par an, divisé par 12, cela fait 761,90 par mois, divisé par 30, cela fait entre 25 et 26 mots par jour, en tenant compte des mois de trente et trente et un jours, et des années bissextiles. »

Il pousse alors un énorme soupir de soulagement. C'est à son avis tout à fait faisable !

L'endroit que Momo préfère au collège est le CDI.

Il peut y aller tous les jours, s'il le veut. Plus besoin d'attendre le passage du bibliobus le mercredi. C'est trop cool.

Mais il sait qu'il continuera quand même à l'attendre, le bibliobus, car il n'oublie pas que dedans il n'y a pas que des livres mais aussi Souad.

La dame du CDI est très gentille également, trouve Momo.

Alors, c'est là qu'il se rend à chaque récré avec Émilie. Tous deux préfèrent le CDI à la cour. C'est beaucoup plus calme pour lire, travailler et, là, il craint moins de se faire attaquer, aussi.

Dès qu'il arrive au CDI, Momo va chercher le dictionnaire et recopie dans son cahier à mots son lot de mots quotidiens et même davantage parce que le mercredi, le samedi et le dimanche, il n'y a pas CDI, alors il en recopie d'avance. Il s'est très vite rendu compte que ce n'était pas aussi simple qu'il l'avait imaginé. Certains mots sont faciles mais d'autres lui demandent un gros effort de mémorisation. Et puis souvent, il se demande comment les utiliser, comme par exemple le mot n° 41, *abbevillien, enne, adj. et n. m. Se dit d'un faciès industriel du paléolithique inférieur caractérisé par des bifaces grossièrement taillés.* Un mot comme celui-là, Momo craint fort de l'oublier rapidement s'il n'en fait pas un usage fréquent. En revanche, le mot *sustenter*, il ne risque pas de l'oublier. Monsieur Édouard l'utilisait toujours pour dire « manger », alors Momo a compris que les mots n'ont un sens que si l'on s'en sert.

Au CDI, il y a également les ordinateurs. Momo n'a jamais trop eu l'occasion de s'y mettre. À l'école primaire, il n'y en avait qu'un seul pour toute la classe et c'était chacun son tour. Mais là, au collège, ce n'est pas pareil. Il doit même y faire des recherches, parfois. Émilie a tout de suite compris que son ami Momo n'a pas l'habitude et qu'il rame grave. Alors, elle lui montre un peu tous les jours comment bien s'en servir.

– Tu sais, si tu veux devenir écrivain, il va falloir que tu t'y fasses.

Momo en est abasourdi. (Il l'aime bien, ce mot-là, c'est le n° 13.)

– Ah bon ? Les écrivains n'écrivent pas leurs livres dans un cahier ?

– Oh ben non ! Tu te rends compte, ce ne serait pas possible ! Ça leur prendrait bien trop de temps.

– Mais comment il a fait, Saint-Exupéry,

dans le désert ? Il n'avait pas pris son ordinateur, quand même ?

La documentaliste qui les a entendus discuter intervient en souriant :

– À l'époque, il n'y avait pas d'ordinateurs. Les écrivains écrivaient à la main ou tapaient leurs textes à la machine. Et avant encore, ils écrivaient même à la plume ! Et, effectivement, ça leur prenait beaucoup de temps. Quand on pense que Balzac ou encore la comtesse de Ségur ont écrit tous leurs livres de cette manière-là, ça fait réfléchir, quand même. Je pense que sans l'ordinateur, il y aurait bien moins d'écrivains, aujourd'hui.

Momo veut bien apprendre à écrire sur l'ordinateur même s'il confie à son amie :

– Moi, je préfère quand même écrire dans un cahier.

– Mais pourquoi ?

– Parce que les mots ne sortent pas pareil quand tu les dessines toi-même.

Émilie le regarde. Momo ne cesse de l'étonner. Il est un peu bizarre parfois mais jamais elle n'a eu d'ami aussi doux et gentil que celui-là.

– Tu as peut-être raison, lui dit-elle. C'est vrai que mon journal, par exemple, je ne pourrais jamais le rédiger sur l'ordi.

– Ton journal ? C'est quoi ?

– Mon journal intime... Tu ne connais pas ?

– Non.

– C'est un carnet où tu écris tout ce qui t'arrive.

– Tu en as un, toi ?

– Oui.

– Tout le monde en a un ?

– Non, seulement ceux qui le veulent... Attends !

Émilie se lève et se dirige vers les rayonnages, où elle disparaît quelques instants avant de revenir avec un livre à la main.

– *Le Journal d'Anne Frank*, lit Momo sur la couverture, où l'on peut voir une jeune fille souriant à l'objectif.

Il ne connaît pas ce titre. Il ne fait pas partie des livres légués par monsieur Édouard.

– C'est quoi ?

– Lis-le, tu verras.

Momo le feuillette. Il est dense et écrit très serré. Il s'arrête à la première page :

Samedi 20 juin 1942

C'est une sensation très étrange, pour quelqu'un dans mon genre, d'écrire un journal. Non seulement je n'ai jamais écrit, mais il me semble que plus tard, ni moi ni personne ne s'intéressera aux confidences d'une écolière de treize ans. Mais à vrai dire, cela n'a pas d'importance, j'ai envie d'écrire et bien plus encore de dire vraiment ce que j'ai sur le cœur une bonne fois pour toutes à propos d'un tas de choses.

*Le papier a plus de patience que les gens :
ce dicton m'est venu à l'esprit par un de ces
jours de légère mélancolie où je m'ennuyais,
la tête dans les mains, en me demandant
dans mon apathie s'il fallait sortir ou rester à la maison et où, au bout du compte,
je restais plantée là à me morfondre. Oui,
c'est vrai, le papier a de la patience, et
comme je n'ai pas l'intention de jamais
faire lire à qui que ce soit ce cahier car-
tonné paré du titre pompeux de « Journal »,
à moins de rencontrer une fois dans ma vie
un ami ou une amie qui devienne l'ami ou
l'amie avec un grand A, personne n'y verra
probablement d'inconvénient*[1].

Comme chaque fois qu'il est très ému,
Momo sent une sorte de grosse chaleur
l'envahir.

---

1. *Le Journal d'Anne Frank*, texte établi par Otto H. Frank
et Mirjam Pressler © 1991, 2001, ANNE FRANK-Fonds, Bâle/
Suisse, pour le texte d'Anne Frank, © 1992, 2001, Calmann-Lévy,
Paris, pour la traduction française par Philippe Noble et Isabelle
Rosselin-Bobulesco.

– C'est une histoire vraie ?

– Oui, lui répond Émilie.

– Anne Frank, c'est un écrivain comme Romain Gary ?

– Non, elle n'avait que treize ans. Elle n'a pas eu le temps de devenir écrivain.

– Pourquoi ?

– Parce qu'elle est morte.

– À treize ans ?

– À seize ans.

– De quoi ?

– De la guerre. Regarde les dates !

Momo se souvient. Ils ont parlé de la Seconde Guerre mondiale au CM2. Même que Momo avait fait un panneau avec des photos et des textes.

Sans hésiter, il se dirige vers le bureau de la documentaliste et lui tend le livre.

– C'est un bon choix ! lui dit-elle, mais difficile. Si tu as le moindre problème, n'hésite pas à venir me voir.

3

Momo est inquiet.

Quand Fatima est rentrée du travail, leur père leur a dit qu'il avait à leur parler, à Momo et elle.

Fatima interroge Momo du regard mais celui-ci secoue la tête en signe d'ignorance.

Il ne sait rien ; ou plutôt, il craint de ne savoir que trop ce que son père veut leur dire. Il a passé suffisamment d'heures à ses côtés ces derniers temps pour le deviner.

Les mots ne sont pas toujours nécessaires pour dire les choses.

Et puis il y a cette conversation de la dernière fois qui ne lui a pas quitté l'esprit.

Quand ils entrent dans la salle à manger, le père est assis à sa place habituelle, sauf qu'il tourne le dos à la fenêtre.

La mère est là, également, effondrée sur le canapé, tordant un mouchoir dans ses mains noueuses, rugueuses, rougeaudes à force de tremper dans les produits d'entretien pour faire briller les bureaux de la ville, nuit après nuit.

– Que se passe-t-il ? demande Fatima d'une voix tremblante.

Le père se racle la gorge pour s'éclaircir la voix.

– Ma fille, mon fils, leur dit-il, je n'ai pas de bonnes nouvelles à vous annoncer.

La mère, qui avait déjà un tas de bonnes raisons de soupirer du matin au soir parce que la vie n'est pas drôle tous les jours, laisse échapper un sanglot bruyant.

– Qu'est-ce qui se passe, papa ? demande à nouveau Fatima, dont la gorge se noue, tandis que Momo s'est approché de sa maman et s'installe sur ses genoux.

– Le docteur, il est venu *aujourd'houi*. Il a dit, il y a la maladie-là…

La « maladie-là », Momo sait que c'est comme ça que son père désigne le cancer. Il lui disait parfois :

– Tu sais, celui-là, il a eu la maladie-là. Il est mort.

Momo enfouit son visage dans le cou de sa mère.

Fatima reste raide au milieu de la pièce.

– Qu'est-ce qu'il a, exactement ? finit-elle par demander en se tournant vers sa mère.

– Il a la maladie, très avancée, il a dit, le docteur, hoquette-t-elle. Il a fait les analyses, les radios, tout…

– Pourquoi vous ne m'en avez pas parlé avant ? Il a fait ça quand ? Avec qui ? Comment ?

– Avec le docteur Cohen.

– Le papa d'Émilie, précise Momo.

C'est leur médecin depuis toujours en fait, mais Momo ne savait pas qu'il était le papa d'Émilie.

– Ahmed est au courant ?

Les deux parents opinent de la tête.

Fatima explose :

– Ahmed est un vaurien, un voyou, un parasite ! Et c'est à lui que vous faites confiance ? À lui qui n'a pas honte de laisser sa sœur et sa mère se tuer au travail ! À lui qui n'a jamais été fichu de gagner une tune de sa vie ?

– Ahmed, il a changé, je te jure, ma fille, répond le père.

Fatima explose encore, mais de rire cette fois.

D'un vilain rire que Momo n'aime pas.

– Ah oui ? Tu peux me dire depuis quand ? Depuis cinq minutes ou trois secondes ? Et il est où, là, d'ailleurs ?

– À la mosquée, répond le père.

D'étonnement, Momo a sorti son visage du cou de sa mère et il regarde sa sœur, les yeux écarquillés.

Elle aussi reste soufflée.

Puis elle rit de nouveau :

– Ahmed à la mosquée ! Non mais j'hallucine ! Mais enfin, papa, comment tu peux le croire ?

– Fatima, viens ici, ma fille. Calme-toi, lui fait le père en lui tendant la main.

Fatima la saisit et l'embrasse tout en se mettant à pleurer à chaudes larmes.

C'est la première fois que Momo voit sa grande sœur pleurer.

– Fatima, répète le père d'une voix fatiguée, la vie me quitte... Je veux que tout soit en ordre quand je partirai. Je lui ai parlé, à Ahmed, je lui ai dit que quand je serai plus là il doit bien s'occuper de vous tous. Il sera le chef de famille. Il a promis.

– Ahmed, le chef de famille? sanglote Fatima. Mais papa, ce n'est pas possible! Tu le connais, quand même? Il va nous rendre la vie impossible.

Puis elle se tourne vers la mère:

– Maman, dis-lui, toi!

La mère baisse la tête et se tait.

Momo reste sans voix, terrassé. Il n'a plus qu'une envie, se sauver immédiatement sur son île déserte et ne plus penser à rien.

– Papa, ne me demande pas d'obéir à Ahmed! Ne me le demande pas car je ne te ferai jamais une telle promesse. Si tu disparais, c'est maman qui deviendra le chef de famille. C'est ça que tu dois dire à Ahmed. Ça et rien d'autre.

– C'est trop tard, ma fille, dit encore le père dans un souffle.

– Comment ça, trop tard?

– Ahmed a fait venir l'imam ici et j'ai parlé avec *loui*.

– L'imam! hurle Fatima. Non mais vous avez perdu la tête ou quoi? On est en France, ici, pas au bled! Depuis quand c'est un imam qui décide? C'est chez un notaire qu'on fait ça, pas avec un imam. Vous pouvez toujours courir pour que j'obéisse à votre imam! Écoute, papa, depuis ton accident, c'est toujours moi qui me suis occupée de cette maison. C'est moi qui me suis sacrifiée en allant travailler à l'hyper au lieu de faire infirmière. Oui ou non?

Le père, la mère et Momo opinent à nouveau de la tête.

– Alors, on continuera comme ça. Comme avant! Je m'occuperai de Momo, des jumeaux, de Yasmina et de maman. Et Ahmed n'aura rien à dire. Et au moins, comme ça, tu n'auras pas de souci à te faire. J'ai fait mes preuves, non?

Là encore, tout le monde est d'accord.

– Tu as peut-être raison, ma fille! capitule le père à leur grand soulagement.

– Non, pas peut-être, papa. J'ai raison, un point c'est tout. Alors, tu vas faire revenir l'imam ici, et Ahmed et les frères et sœurs, et tu vas leur dire ça, d'accord ? Tu vas leur dire que jusqu'à présent c'est grâce à moi que cette maison a fonctionné plus ou moins normalement et que tu tiens à ce que les choses continuent comme ça. Un point, c'est tout.

Et le père a dit oui.

Il a dit oui mais n'a pas eu le temps de tenir sa promesse.

Il est mort la nuit suivante, terrassé par une crise cardiaque.

4

Pendant trois jours, la maison de la famille Beldaraoui ne désemplit pas.

Amis, voisins, collègues viennent les mains chargées de victuailles et le cœur plein de compassion et de réconfort.

Durant ces trois jours, Ahmed et Fatima s'adressent à peine la parole.

La mère et ses filles pleurent beaucoup.

Momo, lui, reste la plupart du temps assis dans un coin, tout seul, silencieux.

Souad, la bibliothécaire, est accourue dès qu'elle a appris la mauvaise nouvelle.

C'est elle qui avait déjà tenté de consoler Momo quand monsieur Édouard avait disparu.

Mais là, Momo n'a pas envie de se laisser consoler.

On ne se console pas de la mort de son papa quand on a tout juste onze ans.

Monsieur Édouard, ce n'était pas pareil. Il était vieux et très malade…

Son père aussi était très malade, mais pas vieux.

Mais quand Émilie a sonné à la porte avec son papa, Momo est resté sans voix et quelques étoiles sont revenues furtivement briller dans ses yeux. Émilie ne lui a pas demandé de parler. Elle l'a juste serré dans ses bras et lui a dit :

– Sache que je compatis à ta douleur.

Momo a noté le mot *compatir* qu'il ne connaît pas car il n'est pas encore arrivé à la lettre C.

Quand Ahmed s'approche d'eux et lui lance un « *chkoun ?* » inquisiteur qui lui glace le sang, Fatima se précipite pour s'interposer.

– Merci beaucoup, docteur Cohen, de vous être déplacé ! lui dit-elle en forçant Ahmed à battre en retraite. C'est gentil à toi, Émilie, d'avoir accompagné ton papa.

– Je compatis sincèrement à votre peine ! dit lui aussi le papa d'Émilie en prenant la main de Fatima dans la sienne. N'hésitez pas à vous adresser à moi, mademoiselle, en cas de besoin.

Il lui tend une carte de visite.

– J'insiste ! ajoute-t-il. Ce ne sont pas des paroles en l'air. N'hésitez pas à faire appel à moi. Je connaissais votre papa. C'était un homme droit et courageux. Il s'inquiétait beaucoup pour sa famille…

– Merci ! soupire Fatima, des larmes plein les yeux.

Et des larmes, elle va en verser bien davantage.

À la fin des trois jours de deuil de la famille, tout le monde rentre chez soi et ils se retrouvent seuls, tous les sept, les bras ballants et le cœur en miettes.

Et la première chose qu'Ahmed trouve à faire c'est d'assener une gifle magistrale à sa sœur.

– Ça t'apprendra à me faire la honte devant tout le monde ! lui crache-t-il à la figure. Maintenant, c'est moi le chef de famille ! Et les choses vont changer…

Fatima en reste le souffle coupé, sans même pouvoir réagir.

Mais la mère, elle, a couru à la cuisine en hurlant. Elle en revient une poêle à la main. Sans que personne ait le temps de souffler mot, voilà qu'elle l'écrase sur la tête de son fils aîné.

– Jamais, tu m'entends, jamais personne il lève la main sur mes enfants. Pas même toi. À peine ton père est enterré, et toi déjà tu viens battre ta sœur qui travaille et nous fait vivre ? Jamais *plous* tu lui touches un cheveu, tu m'entends ? File dans ta chambre, maintenant !

Ni Momo, ni Fatima, ni même Yasmina, Rachid et Rachida n'en croient leurs yeux et leurs oreilles.

Ahmed, carrément sonné, essaie d'ouvrir la bouche mais aucun son n'en sort.

Il bat alors en retraite et quitte l'appartement en claquant la porte.

Après son départ, la mère et les enfants, muets, atterrés, se regardent les uns les autres, complètement désemparés.

C'est Fatima qui brise le silence en premier.

La voilà le corps tout secoué.

Momo se dit que jamais il n'a vu sa sœur pleurer autant que ces derniers jours.

Mais Fatima ne pleure pas, réalise-t-il soudain.

Non, elle rit !

Et la mère aussi se met à rire, bientôt imitée par Yasmina puis Rachida.

Rachid, lui, ne rit pas. Momo non plus.

Ni l'un ni l'autre ne comprennent la raison de leur hilarité.

Fatima se précipite alors vers sa mère et se jette dans ses bras. Elle est rejointe par les deux autres filles. Et maintenant, Momo ne sait plus si elles pleurent ou si elles rient aux larmes.

– Ne cherche pas à comprendre, Momo, lui dit son frère en lui tapant affectueusement sur l'épaule.

Mais Momo, lui, veut toujours tout comprendre.

Alors, il s'agrippe lui aussi à la grappe formée par sa mère et ses sœurs, et se met à rire et pleurer avec elles.

Quand enfin tout le monde se calme, Fatima prend la parole pour expliquer à ses frères et sœurs ce que sera leur vie désormais.

– Quand il est tombé gravement malade, papa a cru bon de faire d'Ahmed le chef de famille. Mais je l'ai fait changer d'avis en lui expliquant qu'Ahmed n'était pas à la hauteur de la tâche. C'est donc maman qui sera le chef de famille et moi, je l'aiderai.

– Ça ne change rien, alors ? fait Yasmina en haussant les épaules.

– Si, ça change tout ! Tu aurais préféré que ce soit Ahmed ?

– Non, bien sûr ! bougonne-t-elle. J'ai juste dit que ça ne change rien par rapport à avant.

– Non, la seule chose qui change, c'est que papa n'est plus là.

Sa voix se fissure à la fin de sa phrase et tout le monde baisse la tête.

Momo, lui, regarde le fauteuil vide de son père, toujours tourné vers la fenêtre.

Bizarrement, il pense soudain au titre du livre, *La Vie devant soi*.

Pour papa, c'est la vie derrière soi, se dit-il.

Et pour moi?

Momo du livre a continué à vivre, à rêver et à aimer après la mort de madame Rosa, même s'il a essayé d'arrêter complètement de manger parce qu'il se fichait des lois de la nature.

– La vie ne sera plus jamais comme avant, effectivement, mais je compte sur vous pour qu'elle nous soit le plus facile possible, leur dit encore Fatima. Facile pour maman et moi, mais aussi pour chacun de vous. Je compte sur toi, Yasmina, pour nous seconder, quant à vous, les jumeaux, vous avez passé l'âge de faire des bêtises et de tourmenter votre petit frère, d'accord?

– Momo, le chouchou… tente de se moquer Rachid, mais il est stoppé net par le regard noir que lui jette sa mère et qui cingle davantage encore que les gifles d'Ahmed.

– Et qu'est-ce qu'on va faire avec Ahmed s'il nous pourrit la vie ? demande Yasmina.

– Nous ferons bloc, tous unis contre lui. Il faut que nous restions soudés, solidaires, que nous fassions front. Il va certainement essayer de vous monter contre moi et…

Quand on parle du loup…

Fatima est interrompue par le bruit de la porte d'entrée, qui s'ouvre sur Ahmed. Mais il n'est pas seul. Il s'efface pour laisser entrer l'imam dont Fatima n'a fait la connaissance qu'avec le décès de son père.

Celui-ci salue la famille puis dit à la mère et à Fatima qu'il aimerait leur parler.

– Yasmina, file à la cuisine préparer le thé ! aboie Ahmed.

Ne sachant si elle doit lui obéir, celle-ci se tourne vers Fatima.

Mais c'est l'imam en personne qui intervient :

– Ahmed, tu dois le respect à ta mère et à tes sœurs. Tout comme elles te le doivent. Ta sœur n'est pas ton esclave et, si tu veux qu'elle prépare le thé, tu le lui demandes sur un ton respectueux.

Yasmina baisse la tête, réprimant un sourire.

Et voilà que l'imam ajoute :

– Ou alors tu te le prépares toi-même, ce qui serait peut-être même plus judicieux.

(*Judicieux*, Momo l'aime tout de suite ce mot-là, sans trop savoir pourquoi.)

Décidément, se dit Momo, ce n'est pas son jour, à Ahmed. Qu'est-ce qu'il se prend dans la tronche ! Momo a presque pitié de lui… Mais non ! Tout compte fait, il ne mérite pas que Momo ait pitié de lui.

Ahmed est la personne la plus méchante qu'il connaisse. Momo avait pensé qu'avec la disparition du père il changerait... Mais il ne faut pas trop lui en demander, à Ahmed. Il n'est pas capable de s'abonnir (*v. pr. Devenir meilleur*).

Fatima, la mère, l'imam et Ahmed se sont enfermés dans la salle à manger.

Momo, fatigué, décide d'aller se coucher, d'autant que, le lendemain, il retourne au collège et, après les chagrins de ces derniers jours, ça, c'est une vraie bonne nouvelle. Mais les jumeaux et Yasmina, eux, veulent savoir ce qui se trame derrière la porte et essaient de saisir les éclats de voix qui fusent et s'entrechoquent.

Visiblement ça chauffe, là-dedans.

Et c'est l'imam qui mène la danse.

Il n'y a pas longtemps qu'il est arrivé à la cité des Bleuets. C'est un jeune qui a aussitôt gagné la sympathie du plus grand nombre des musulmans, mais aussi de tous les autres habitants de la cité, tant il est à l'écoute de chacun.

La sympathie du plus grand nombre mais pas celle d'Ahmed en tout cas, qui, au bout d'un moment, ouvre brutalement la porte du séjour, renversant les jumeaux et Yasmina, à qui il file bien évidemment une gifle au passage.

Les enfants l'entendent rentrer dans sa chambre et tout y retourner avant de quitter l'appartement, un sac à la main, en claquant violemment la porte.

– Ne vous inquiétez pas, madame Beldaraoui, dit l'imam à la mère. Il reviendra et, je l'espère après ce que je lui ai dit, avec de meilleurs sentiments et intentions. En attendant, je pense que vous avez pris la bonne décision. Votre fille aînée est parfaitement capable de vous aider à tenir cette maison comme elle l'a toujours fait. Je souhaite vivement que votre fils aîné finisse par entendre raison lui aussi et devienne un être responsable et respectable. N'oubliez pas que ma porte vous est ouverte.

La mère soupire en sortant son mouchoir.

L'imam leur serre la main, salue les enfants puis s'en va.

– Où est Momo ? demande Fatima.

– Momo dodo ! se moque Rachid.

Fatima rejoint Momo dans sa chambre, où son petit frère est quasiment endormi.

Elle lui remonte la couette sous le menton et l'embrasse en lui chuchotant à l'oreille :

– T'inquiète pas, mon Momo, tout ira bien.

5

La vie reprend pour toute la famille.

Mais sans le père.

À l'idée que le soir, lorsqu'il rentrera du collège, son père ne sera plus là à l'attendre assis devant sa fenêtre afin qu'il lui tienne compagnie, le cœur de Momo se serre.

La vie reprend, mais sans Ahmed aussi.

Fatima et la mère n'ont aucune nouvelle de lui, à ce qu'elles disent, mais Rachid a affirmé à son petit frère que lui il en a, et qu'il faut s'attendre à ce qu'Ahmed revienne bientôt et que là, ça va sacrément barder pour les filles.

Si Momo n'est donc pas complètement rassuré, il essaie de ne pas y penser et profite de l'accalmie (*n. f. Calme momentané du vent et de la mer. Cessation momentanée d'une activité ou d'une agitation*).

Momo est heureux de retrouver Émilie qui l'attend à la grille du collège.

– Est-ce que tu pourras venir samedi prochain chez moi ? lui demande-t-elle. C'est mon anniversaire.

– Il faut que je demande à ma mère et à Fatima, répond-il alors que son cœur se met à faire des grands huit dans sa poitrine.

– Mon père a dit qu'il passerait te prendre vers deux heures.

Toute la journée, Momo ne pense qu'à l'invitation. Jamais encore il n'a été invité chez quelqu'un habitant hors de la cité. Il espère juste qu'il pourra, que sa mère voudra bien, que Fatima aussi et surtout qu'Ahmed n'en saura rien.

Et puis il faudra qu'il s'habille bien.

Et aussi qu'il trouve un cadeau à offrir.

Mais là, il a sa petite idée. Il demandera à Fatima ce qu'elle en pense mais il est presque sûr de ne pas se tromper.

Quand Fatima rentre du travail, elle voit tout de suite sur le visage de Momo qu'il a quelque chose à lui demander.

– Qu'est-ce qu'il y a, Momo ?

– Émilie m'a invité à son anniversaire chez elle samedi prochain. Et elle a dit que son papa pourrait venir me chercher.

– Pas de souci, Momo. Mais pas la peine de déranger le docteur, je te conduirai moi-même, si tu veux. Je ne travaille pas ce samedi.

Momo est content mais il a d'autres questions à poser à sa sœur qui est en train de ranger les courses.

– Fatima ?

– Oui, Momo.

– Je voudrais lui offrir un des livres de monsieur Édouard, à Émilie.

– C'est une très bonne idée. Lequel ?

– Je ne sais pas. Je voudrais que tu m'aides à choisir.

– D'accord, je finis de ranger les courses et je viens.

Momo ne bouge toujours pas de la cuisine. C'est donc qu'il a encore d'autres questions à poser.

– Fatima ?

– Oui, Momo.

– Je voudrais savoir comment on s'habille pour aller à un anniversaire chez des…

Là, intriguée, Fatima s'arrête net et regarde son petit frère.

– Des quoi, Momo ?

– Des… *patos*.

Fatima éclate de rire ou du moins elle fait semblant. Elle sait très bien pourquoi Momo a dit « des *patos* » car c'est ainsi qu'Ahmed désigne les Français en général.

– Momo, oublie ce mot, tu veux ? *Patos*, français, ça n'a plus de sens, tout ça. On est tous nés ici, nous les enfants Beldaraoui, et on est français, depuis moins longtemps que ton amie Émilie mais au même titre… de séjour ! ajoute-t-elle en souriant. Et en plus, la famille du docteur Cohen est venue elle aussi d'Algérie, comme papa et maman. Et tu sais quoi, ses parents, ils habitaient ici, dans cette cité. Le docteur Cohen est né ici, m'a-t-il dit. Et tu vois, ça ne l'a pas empêché de devenir médecin et d'habiter une jolie maison.

Momo en reste bouche bée. Il ne savait pas qu'on pouvait devenir médecin en habitant aux Bleuets. Ce n'est pas ce que lui disait Ahmed, en tout cas, qui ne cessait de crier qu'on n'offrait pas de travail aux étrangers, ce qui mettait Fatima hors d'elle.

– Offrir du travail ? hurlait-elle. Tu attends qu'on te l'apporte ici, le travail, sur un plateau ? Qu'on vienne te supplier de bien vouloir daigner aller travailler ? C'est vraiment n'importe quoi ! Le travail, ça se cherche, figure-toi. Et qui cherche trouve ! Et je te rappelle qu'on n'est pas des étrangers, nous sommes des Français d'origine étrangère, ce qui est le cas de pas mal de Français, figure-toi !

Et puis, le travail, affirmait encore Fatima, c'est en apprenant bien à l'école qu'on a toutes les chances de le trouver. Certainement que le docteur Cohen avait rudement bien travaillé à l'école et s'était levé très tôt chaque matin, se dit alors Momo. Mais lui, plus tard, il voudrait être écrivain-aviateur comme ses deux auteurs préférés, Antoine de Saint-Exupéry et Romain Gary. D'ailleurs, Romain Gary non plus n'était pas né en France et lui aussi avait fait une promesse à sa maman, la promesse de devenir écrivain, plus tard. C'est Souad qui le lui avait raconté. Elle lui avait même dit que quand il était aviateur à la guerre, sa maman qui était déjà morte continuait à lui écrire pour ne pas que son fils ait du chagrin. C'est une amie qui envoyait les lettres qu'elle avait écrites avant de disparaître.

– Maintenant, si tu me demandes comment tu dois t'habiller pour aller à l'anniversaire de ta camarade Émilie, je te répondrai : tout à fait normalement. Un jean propre, une chemise, et le tour sera joué.

Momo n'est sans doute pas totalement satisfait car il ne bouge toujours pas.

– Qu'est-ce qu'il y a encore, Momo ?

– Tu ne crois pas que je devrais mettre un nœud papillon ?

De stupéfaction, Fatima laisse s'écraser au sol le paquet de spaghettis qui se répandent sur le carrelage.

Momo, toujours aussi sérieux, se précipite pour tout ramasser tandis que Fatima rit à gorge déployée.

– Mais enfin, Momo, où vis-tu ? lui demande-t-elle, une fois son rire calmé. Quelle drôle d'idée ! Pourquoi un nœud papillon ? Qui porte encore des nœuds papillons ?

– Le petit prince de Saint-Exupéry, lui répond-il très sérieusement.

– Oh, mon Momo, tu es trop mignon ! Mais le petit prince de Saint-Exupéry est un personnage de roman. Il n'a pas existé, voyons !

– Ah bon ? T'es sûre ?

Fatima hésite avant de répondre. Momo lui semble bien perturbé ces derniers jours. Il est à fleur de peau et elle ne veut pas lui faire de peine.

– Enfin... non, remarque.

– Il a existé, Fatima, j'en suis sûr, moi. Antoine de Saint Exupéry l'a rencontré dans le désert. Même que le petit prince voulait qu'il lui dessine un mouton.

– Oui, Momo. Je sais. Mais oublie le nœud papillon. Ce ne sera pas la peine, crois-moi.

– Et une rose ?

Là, Momo ne comprend pas pourquoi sa grande sœur fond en larmes en le serrant soudain très fort contre elle.

– Oh ! Momo, je crois que la femme que tu épouseras sera une vraie princesse car tu seras le mari le plus extraordinaire de la Terre. Oui, nous lui achèterons une rose, à Émilie. En attendant, viens, on va lui choisir un livre.

6

Émilie habite la zone pavillonnaire qui se trouve de l'autre côté de la cité, vers les Belles Feuilles et loin de la voie ferrée. Chez elle, les rues ne portent pas de noms de fleurs mais il y en a partout quand même. Et des vraies fleurs, pas de fragiles coquelicots comme il en pousse le long des rails. De chez elle, Émilie n'entend même pas les trains. Momo, remarquez, ne les entend presque pas non plus. Il s'est habitué.

Momo n'a jamais vu de maison aussi jolie, avec des bibliothèques partout et des tableaux et des tapis et un piano dans le salon.

Un piano! s'extasie Momo. Jamais un piano ne pourrait rentrer chez lui. Il se promet aussitôt que, lorsqu'il sera marié et aura des enfants, il leur offrira un piano comme celui-ci.

Et chose plus incroyable encore : sur une petite table en marbre se dresse un somptueux jeu d'échecs dont chaque pièce est une œuvre d'art à elle toute seule. Le jeu d'échecs le ramène aussitôt à monsieur Édouard qui lui avait appris à y jouer.

Il n'y a plus touché, depuis, faute de partenaire.

Installé dans un canapé, son journal à la main, le docteur Cohen observe Momo :

– Tu joues aux échecs ? lui demande-t-il, assez surpris, sans doute parce que jusqu'à présent il se disait qu'un petit garçon des Bleuets ne pouvait pas connaître ce jeu.

Les gens se font souvent des idées fausses sur ceux qu'ils ne connaissent pas. Et puis aussi, ils ont tendance à se regarder les uns les autres avec les yeux de la tête et non ceux du cœur. C'est pour ça qu'ils se trompent, en fait.

– Oui, c'est monsieur Édouard qui m'a appris.

– Monsieur Édouard... des Belles Feuilles ?

– Oui, sourit Momo. C'était...

Il a envie de dire : mon grand chambellan, parce qu'il a comme l'impression que le docteur Cohen pourrait comprendre. Mais il rectifie :

– C'était mon ami.

– Veux-tu que nous jouions ensemble ? lui propose-t-il.

– Papa ! proteste Émilie. C'est pour moi qu'il est venu, Momo, je te signale !

– Tu as raison. Excuse-moi, ma chérie ! réplique-t-il en souriant. Nous jouerons à ta prochaine visite, si tu veux ?

Quant Momo pénètre dans la chambre d'Émilie, il se dit qu'il n'a jamais vu de plus bel endroit de toute sa vie. C'est sa chambre à elle toute seule, en plus, car personne d'autre qu'elle ne dort dedans. C'est une vraie chambre de princesse, toute rose, du sol au plafond, avec des voiles et des fleurs et des étoiles et des peluches et des poupées… et des livres, bien sûr !

En entrant, Momo retire ses chaussures.

– Pour ne pas salir, confie-t-il à Émilie.

Puis la maman de son amie leur sert du gâteau et des rafraîchissements dans le jardin d'hiver.

– Ils sont où, tes frères et sœurs ? chuchote Momo, tellement intimidé qu'il n'ose même pas parler normalement.

– J'ai juste une grande sœur qui étudie à la fac et a son appart. Maintenant, je suis toute seule à la maison.

– Oh, ça doit faire bizarre ! Tu ne t'ennuies pas ?

– Non, pas trop. J'ai toujours de quoi m'occuper. Bon, tu viens, on va jouer à la console ?

Quand Fatima sonne à la porte pour venir le rechercher, Momo a l'impression d'être à peine arrivé.

– Tu reviendras ? lui demande Émilie en lui faisant la bise.

– Euh, oui… répond Momo, qui en crève d'envie.

– Et merci pour le livre ! Je sens que je vais adorer.

– De rien, fait encore Momo en remettant ses chaussures.

Puis elle se penche vers lui et lui murmure à l'oreille :

– C'est la première fois que quelqu'un m'offre une rose, tu sais ?

Non, Momo ne savait pas et il s'en étonne, pensant que des princesses comme Émilie devraient être couvertes de roses en permanence.

Quand Momo est arrivé avec son livre et sa rose à la main, Émilie a rougi.

Elle a posé le livre sur le meuble de l'entrée et demandé à sa maman un soliflore.

Un « soliflore » ? Momo ignorait de quoi il s'agissait. Il est encore loin de la lettre S.

Mais quand Émilie est revenue avec un vase miniature en verre rose translucide, d'un rose presque identique à celui de la fleur qu'il allait accueillir, Momo s'est senti tout ému. Il ne savait pas qu'il existait des vases faits pour ne recevoir qu'une seule fleur, qu'une seule rose. En voilà un qui aurait forcément plu à la rose du petit prince.

Puis Émilie a posé la rose sur le bureau de sa chambre et a feuilleté le livre.

– *Lettres d'amour de 0 à 10.* Tu l'as lu ?

– Oui.

– Ça parle de quoi ?

– Euh… de nous ! lui a répondu Momo tout à fait sérieusement.

Émilie a éclaté de rire.

– De nous ?

– Oui, c'est l'histoire d'un petit garçon qui me ressemble et d'une petite fille qui te ressemble, sauf que c'est tout le contraire.

– Alors c'est nous ou pas nous ? s'est-elle esclaffée.

– C'est nous ! a insisté Momo, sauf que là, le garçon est fils unique et chez la fille, ils sont quatorze enfants !

– Quatorze enfants ? Le pied ! s'est écriée Émilie, ravie.

Momo a fait la moue. Il n'est pas sûr, lui, que ce soit le pied, même si Victoire, dans le livre, est du même avis qu'Émilie.

– Alors ? lui demande sa sœur sur le chemin du retour.

Momo soupire. Comment trouver les mots pour décrire cet après-midi de rêve ? Monsieur Édouard aurait su, lui. Momo

réfléchit. Il sait que les mots doivent toujours être choisis avec soin.

— Alors ? insiste Fatima. C'était comment ?

— Attends, je réfléchis.

Fatima sourit. Décidément, elle se
demande d'où est sorti ce petit frère pas
comme les autres.

— C'était éphémerveilleux, Fatima, finit-
il par lui confier.

7

– Momo, sois gentil, lui dit sa sœur alors qu'ils arrivent à la maison, essoufflés et vidés après avoir gravi les cinq étages à pied vu que l'ascenseur est de nouveau en panne, va demander à madame Ginette si elle n'a besoin de rien car elle ne sortira pas de chez elle tant que l'ascenseur ne fonctionnera pas.

Madame Ginette habite au septième. C'est la plus ancienne locataire de la cité des Bleuets, où elle est venue habiter il y a quarante ans, alors qu'elle n'est ni arabe ni africaine, elle, mais une vraie Française de

France que tout le monde respecte car elle est la mémoire de la cité. Elle en a même été la gardienne, un certain temps, avant qu'elle ne doive arrêter car les gens devenaient moins civiques, dégradant et salissant ce qu'elle tentait tous les jours de *regrader* et nettoyer. Certains la prenaient pour une assistante sociale, d'autres pour leur femme de ménage. Et même si elle était aimée et respectée de la majorité des habitants de la cité, elle avait fini par capituler devant les menaces de certains petits caïds dont elle gênait les trafics en tout genre. N'empêche que, de son temps, la cité était propre et belle et entretenue, se souviennent les plus anciens avec nostalgie. Aussi propre et belle et entretenue que son appartement, où le moindre grain de poussière n'oserait même pas se déposer sur les meubles encaustiqués à la cire d'abeille et le parquet ciré.

Quand on entre chez madame Ginette, on a obligation de se déchausser comme à la mosquée et de marcher sur des morceaux de tissu en forme de pieds.

Avant, elle vivait là avec son mari et ses enfants. Mais ils ont fini par tous partir, son mari le premier pour aller voir ailleurs si l'herbe est plus verte, comme elle le dit en souriant tristement. Et maintenant ses enfants, qui ne viennent jamais lui rendre visite. La pauvre !

Ahmed disait :

— Les Français n'ont pas le même sens de la famille que nous. Quand ils n'en veulent plus, ils mettent leurs vieux dans des asiles à viocs pour plus s'en occuper.

Il pouvait parler, Ahmed, du sens de la famille, tiens !

Mais comme le dit madame Rosa dans *La Vie devant soi*, à qui Momo fait bien plus confiance, la famille ça ne veut rien dire, il y en a même qui partent en vacances en abandonnant leurs chiens attachés à des arbres et chaque année trois mille chiens meurent ainsi, privés de l'affection des leurs.

Momo aime bien monter chez madame Ginette.

Son appartement est bien grand pour elle maintenant qu'elle y vit toute seule avec son chat, mais pour rien au monde elle ne le quitterait, ni même la cité où elle a passé pratiquement toute sa vie et qui a certes connu des jours meilleurs mais où, selon elle, il fait toujours bon vivre, malgré tout et contrairement à ce qu'en disait son mari, parce que l'herbe n'est pas forcément plus verte ailleurs.

Momo comprend tout cela. Il comprend que ce doit être difficile de quitter un endroit où on se réveille chaque matin et on s'endort chaque soir, et que l'on n'ait pas envie d'en bouger quand on y a passé toute sa vie. Sauf que Momo se dit aussi que lui, il la quitterait volontiers, la cité des Bleuets, pour habiter dans une maison comme celle d'Émilie.

Avant, madame Ginette adorait faire des photos. Elle en a plein de la cité, posées un peu partout sur les meubles. Une cité que Momo reconnaît à peine tant, au début, tout semblait effectivement propre et beau.

– Tu sais, mon petit Momo, lui a-t-elle dit un jour, après la guerre il y avait une grave pénurie de logements en France. Il a alors fallu construire dans l'urgence des appartements pour les ouvriers qui vivaient à Paris dans des taudis insalubres. Ensuite il y a eu la main-d'œuvre étrangère entassée dans des bidonvilles qu'il a fallu reloger elle aussi ; puis sont arrivés les rapatriés d'Algérie et les immigrés de partout, vague après vague. Alors, quand on leur a attribué des logements dans des cités comme la nôtre, c'était le luxe pour eux, tu comprends ? Ils se sont retrouvés avec des salles de bains, des toilettes, l'eau, l'électricité, le chauffage central... Tout le confort! C'était le bonheur. À l'époque, il n'y avait pas le chômage, la crise. Pendant la journée, la cité se vidait. Les hommes partaient travailler à Paris, les enfants allaient à l'école, il n'y restait que les femmes et les bébés. D'accord, c'étaient de grands immeubles sans beaucoup d'âme mais ce n'était pas la beauté qui primait. Les gens étaient heureux d'y vivre et même fiers. Il y avait des pelouses, des arbres, des fleurs, un centre commercial pas très loin, et une véritable cohésion entre les habitants. Quand sont arrivés les rapatriés d'Afrique du Nord, les gens ont pris l'habitude de se retrouver au pied de l'immeuble, le soir. On s'asseyait sur les marches, on discutait, on buvait le thé, on mangeait des pâtisseries. Il y avait une véritable vie commune, un véritable esprit d'entraide entre les gens. C'est vrai que les jeunes s'y ennuyaient le dimanche parce qu'il n'y avait rien à faire pour eux ici, le dimanche, mais il y avait les maisons des jeunes qui leur proposaient des activités et puis, pour s'amuser, ils descendaient à Paris. Les choses se sont dégradées petit à petit. Ceux qui en avaient les moyens sont partis pour devenir propriétaires, quand ils le pouvaient, ou locataires ailleurs, dans des endroits plus chic. Mais la situation s'est réellement détériorée quand les générations suivantes, celles qui étaient nées là et n'avaient pas connu la misère des bidonvilles mais juste celle de ces grands ensembles devenus laids et symbole de misère sociale, ont réalisé qu'elles vivaient dans de véritables ghettos dont elles ne pourraient jamais s'échapper. Peu à peu, seuls les étrangers fraîchement débarqués ont accepté de venir s'y installer. Enfin, accepter est un bien grand mot. Ils n'ont pas le choix. Et comme quatre-vingts pour cent d'entre eux n'ont pas la nationalité, ils ne peuvent pas voter et n'ont aucun poids politique ni électoral, alors on nous laisse croupir ici dans notre misère. Mais tu sais, Momo, c'est un peu simple de toujours tout rejeter sur les autres, sur les politiques et tout ça. Ce n'est pas eux qui dégradent, qui salissent, qui détériorent, qui cassent, qui brûlent. Pour tout ça, nous ne pouvons nous en prendre qu'à nous-mêmes. Comme on fait son lit, on se couche !

– Mais vous, madame Ginette, pour-quoi vous êtes restée, alors ? lui a demandé Momo.

– Parce que j'aimais cet endroit. Il y a une époque où mon mari voulait partir… Je ne voulais pas. Il est donc parti sans moi… Et puis, après, je suis restée seule avec les enfants, je n'avais pas les moyens d'aller ailleurs. Tiens, regarde ces pho-tos ! Voilà ce que je voyais, alors, de ma fenêtre. Ce n'était ni très laid ni très triste.

Maintenant, plus personne ne veut regarder dehors. Chacun reste confiné derrière ses fenêtres, bien caché. C'est presque devenu dangereux de regarder à l'extérieur, dès fois qu'on y verrait des choses qu'on ne devrait pas. Avant, on savait tout ce qui se passait chez le voisin. Maintenant, c'est la loi du silence… Mais la pire des plaies qui se sont abattues sur nous ces dernières années est sans nul doute l'intégrisme religieux, l'obscurantisme. Et là, crois-moi, mon petit, on n'est pas sortis de l'auberge. Moi, je me demande même si je ne préfère pas les voyous aux barbus ! Avec les premiers, au moins, on peut discuter. Quant aux filles, les pauvres, ces jolies fleurs obligées de se cacher sous d'informes survêtements gris, je les plains de tout mon cœur.

Momo a alors pensé à la fleur du petit prince qui aurait été effectivement bien laide en survêt.

Et à sa sœur Yasmina aussi qui, comme le disait madame Ginette, ne mettait plus que ça pour aller au collège, alors qu'à la maison elle passait son temps à se maquiller, se coiffer, se parfumer, se pomponner. Mais un jour, Ahmed l'avait rattrapée par le bras alors qu'elle s'apprêtait à sortir et l'avait secouée comme un prunier :

– Oh ! Où tu te crois ? lui avait-il craché au visage. T'as pas l'intention de sortir habillée comme ça, quand même !

– Oh, mais ça va pas ! Je suis habillée normalement, lui avait-elle rétorqué en se dégageant.

Au moment où elle franchissait la porte, c'est par les cheveux qu'il l'avait rattrapée avant de la pousser et de l'enfermer à clé dans sa chambre, l'empêchant de se rendre au collège.

Yasmina avait pleuré, frappé à la porte, rien n'y avait fait. Rachid ne l'avait pas supporté. Quitte à arriver en retard à l'école, Rachida et lui avaient fait un crochet par l'hyper où travaille Fatima et l'avaient prévenue.

Momo ne sait pas ce qui s'était alors passé car il était déjà à l'école mais, le soir, il avait remarqué une grosse marque sur la joue de Fatima et cela lui avait brûlé le cœur.

Le fait est que, depuis, Yasmina ne mettait plus que des survêts.

Un jour, Fatima lui avait fait remarquer :

– Dis-moi, pourquoi tu t'habilles comme ça ? C'est moche.

– Pour avoir la paix avec les garçons, lui avait-elle juste répondu.

Fatima, elle, continuait à s'habiller, se maquiller, se parfumer comme toujours, que ça lui plaise ou pas, à Ahmed.

Momo aime beaucoup écouter les histoires de madame Ginette du temps d'avant.

Il aime s'asseoir à côté d'elle sur le canapé devant une limonade et des petits gâteaux qu'elle dispose dans des papiers en dentelle qu'elle confectionne elle-même.

Si madame Ginette est autant respectée, c'est parce qu'elle siège au conseil municipal, qu'elle connaît tout le monde, le maire, les élus, et qu'elle est toujours la première à tout savoir en ce qui concerne la cité.

Et puis, même si elle n'est plus gardienne de l'immeuble, les gens ont conservé l'habitude de venir la consulter pour un oui, pour un non, pour tout, pour rien. Elle fait partie de toutes les fêtes, de toutes les familles, de tous les mariages et de tous les enterrements.

8

Quand Momo monte donc chez madame Ginette, ce jour-là, il est tout étonné de la trouver les yeux rouges et le visage triste.

C'est sans doute à cause de la panne de l'ascenseur, pense-t-il.

– Je suis venu voir si vous avez besoin de quelque chose, madame Ginette, lui dit-il en posant un bout de ses fesses sur le canapé, attendant sa limonade et ses gâteaux dans les papiers en dentelle.

Mais madame Ginette reste assise à ses côtés, sans rien dire et le regard perdu dans le vide.

Oh, là, là ! s'inquiète Momo, j'espère qu'elle n'est pas en train de perdre la tête, elle aussi, comme madame Rosa et monsieur Édouard.

– Quelque chose ne va pas, madame Ginette ? se hasarde-t-il à lui demander.

Mais voilà qu'elle se lève et se met à marcher de long en large et en travers dans la pièce.

– Je ne partirai pas d'ici, tu m'entends ? finit-elle par exploser tout en évacuant d'une chiquenaude un grain de poussière imaginaire sur le dessus du buffet.

– Je sais, madame Ginette, lui répond Momo. Mais personne veut que vous partiez, non plus.

– Eh bien si, détrompe-toi ! Ils veulent que nous partions, tous. Toute notre barre.

– Qui tous ?

– Moi, toi, tout le monde.

Momo reste sans voix.

À coup sûr, madame Ginette se met à

divaguer, comme madame Rosa, et ça lui fait très peur.

– Je vais aller chercher Fatima ! lui dit-il en s'éclipsant.

Il retourne chez lui à toute allure, le cœur en morceaux, se disant que ce n'est pas juste que tous les gens qu'il aime finissent par perdre la tête et disparaître.

C'est en larmes qu'il se jette dans les bras de sa grande sœur.

– Qu'est-ce qui se passe, Momo ? s'alarme aussitôt celle-ci, craignant le retour d'Ahmed.

– C'est madame Ginette. Elle n'est pas comme d'habitude, elle dit des choses bizarres.

– Attends, je monte avec toi !

– Non, vas-y toute seule, Fatima. J'ai peur.

– D'accord. Ne bouge pas, je reviens.

Elle enlève son tablier, prend les clés et sort tandis que Momo court se réfugier dans sa chambre qu'il partage avec Rachid.

Chez eux, les filles dorment d'un côté, lui et Rachid de l'autre, et ses parents au salon, sur le canapé-lit. Enfin, juste sa mère, depuis que... Et Ahmed avait une chambre pour lui tout seul. Maintenant qu'il est parti, Fatima aimerait bien s'y installer. Mais sa mère ne veut pas pour le moment, elle dit qu'il reviendra, que ce n'est pas un mauvais garçon, etc.

Momo s'allonge sur son lit et se replonge dans la lecture du *Journal d'Anne Frank* qu'il a presque fini d'ailleurs. Il a beau déjà connaître la fin de l'histoire, il espère comme un fou qu'un miracle se produise. Parce que les miracles, ça doit bien exister quelque part, non ? Mais au fur et à mesure qu'il tourne les pages, l'espoir s'amenuise (*v. pr. Devenir moins important, diminuer*) pour lui, comme pour Anne et les siens.

Il est tellement pris par sa lecture qu'il lui faut du temps pour réaliser que Fatima est redescendue et qu'elle parle d'une voix pleine de colère.

Il se précipite au salon et la trouve en pleine discussion avec sa mère qui se tord de nouveau les mains.

Il craint donc le pire.

– C'est madame Ginette qui ne va pas bien ? s'inquiète-t-il.

– Madame Ginette va très bien, Momo, elle n'a pas perdu la tête, rassure-toi. C'est juste qu'elle est sous le coup d'une vive émotion.

– Qu'est-ce qui se passe ? demande Momo.

– Il se passe qu'au conseil municipal, hier, ils ont annoncé que les travaux de rénovation de la cité n'allaient pas tarder à commencer et qu'ils avaient pris la décision de faire sauter notre barre.

La mère se met à pleurer bruyamment mais Momo ne comprend toujours pas de quoi il s'agit.

– Explique-moi, Fatima.

– Ils ont pris la décision de démolir complètement notre immeuble. Nous allons devoir partir d'ici, tu comprends ?

C'est un cri d'angoisse qu'il laisse échapper :

– Partir ? Mais où ?

– Partir là où ils nous enverront, sans doute.

– Mais c'est... aberrant (*adj. Qui va contre le bon sens, la vérité, les règles, les normes*). Quand ?

– Je ne sais pas, Momo. Mais je sais comment ça s'est passé ailleurs, dans d'autres cités. Ils relogent les gens au fur et à mesure. Et ceux qui ne le veulent pas, ils leur pourrissent la vie. Plus d'entretien de l'immeuble, puis plus de réparations de l'ascenseur, des lumières, plus de ramassage des poubelles... Il paraît qu'ils finissent même par couper l'eau chaude. Ils découragent les gens qui veulent rester.

Au fur et à mesure des départs, ils murent les appartements vacants et…

Yasmina qui rentre à ce moment-là semble tout excitée :

– Hé, vous savez quoi ? Ils vont démolir l'immeuble ! C'est trop fort !

– On sait ! soupire la mère tandis que Fatima lance à sa sœur un regard courroucé.

– Ben, vous en faites une tête ! C'est plutôt une bonne nouvelle, non ? On va pouvoir partir de ce trou.

– Pour aller dans un autre trou ? demande Fatima.

– Ben non ! Il paraît qu'ils vont reloger les gens dans des maisons neuves, individuelles, même ! Tu sais, le grand chantier de l'autre côté du collège… Il paraît que c'est là-bas qu'on va aller.

– Non mais tu rêves, ma pauvre fille ! Où as-tu entendu ça ?

– C'est mes copines qui me l'ont dit. De toute façon, où qu'ils nous mettent, ce sera toujours mieux qu'ici ! déclare-t-elle en faisant éclater son chewing-gum et gagnant sa chambre.

Rachid et Rachida sont déjà au courant, eux aussi, mais ils s'en fichent. Du moment qu'on ne les sépare pas...

– Et qu'est-ce qu'elle t'a dit, alors, madame Ginette ? demande Momo.

– Elle a dit qu'elle ne partirait pas, même par la force, et qu'elle était prête à rester dans l'immeuble, quitte à y mourir... En attendant, il y a une réunion d'information, jeudi soir, à la mairie. Il faut que nous y allions... Il va falloir que les gens de la cité des Bleuets se bougent les fesses, pour une fois, et fassent entendre leurs voix. Je comprends maintenant pourquoi les appartements vacants n'étaient pas reloués. Tout ça était prévu de longue date, apparemment.

Momo ne sait que penser. Ah ! si seulement monsieur Édouard était encore là pour le conseiller ou tout simplement trouver une idée qui changerait une nouvelle fois la vie des habitants de la cité des Bleuets…

Et voilà qu'un miracle se produit. Enfin !

Alors qu'il est allongé sur son lit et retourne ses idées dans tous les sens pour les remettre dans le bon ordre, il sent soudain comme une caresse, un souffle au creux de son oreille. Et c'est la voix de monsieur Édouard qui lui murmure :

– Allons, Votre Altesse, quelle est donc cette grande tristesse ? Ressaisissez-vous, voyons ! Un monarque ne se laisse pas abattre au premier coup dur. Et pas question ici d'abdication ! (*Abdication*… Ouf, Momo connaît ! C'est son mot n° 44 et, quand il l'avait recopié, il avait aussitôt pensé à son cher grand chambellan.) Je sais que vous avez une peine immense à cause de la perte de votre papa. Votre douleur est légitime et contre elle vous ne pouvez rien. C'est pour cela que je ne suis pas intervenu. Mais en ce qui concerne la réhabilitation de la cité, réfléchissez ! En débarquant avec nos pinceaux, le but n'était-il pas de « réhabiliter » votre lieu de vie ? À chacun ses armes, messire ! À vous les pinceaux, à eux les bulldozers. Mais l'intention est la même. Il est un vieux dicton hébraïque qui dit : « Changer de place, changer de chance... » Ne voilà-t-il pas pour vous et votre famille une belle opportunité de changer de chance ?

La voix s'éteint.

— Allô ! crie Momo machinalement en se redressant sur son lit.

— T'es ouf, ou quoi ? grogne son frère dans le lit au-dessus de lui.

Mais monsieur Édouard a raccroché.

Momo a compris.

Il a compris que, pour la famille Beldaraoui, ce ne serait pas un mal de quitter la cité des Bleuets.

Ils pourraient alors tourner la page, celle qu'ils ont vécue avec leur père, et recommencer une autre vie ailleurs…

Mais il pense à madame Ginette…

Et puis soudain, il pense aussi à Émilie…

S'ils les relogent dans une autre ville, très loin, il ne la verra plus non plus…

9

Heureusement, chez Fatima, les moments d'abattement ne durent jamais longtemps. Au contraire, ils lui donnent à chaque fois une force et une énergie décuplées.

– Bon! fait-elle à sa mère. Nous allons nous battre. Dès ce soir nous allons commencer à rendre visite à chacun des habitants de l'immeuble et les mobiliser. Leur faire comprendre les enjeux d'une cohésion sans faille. Maman, tu viendras avec moi, d'accord?

– Moi je ne peux pas monter jusqu'au

dixième, ma fille. Sans l'ascenseur, c'est trop dur.

– Alors, tu feras avec moi les appartements du bas. Toi, Rachid, tu m'accompagneras pour ceux du haut.

– Pourquoi moi ? regimbe celui-ci. Demande à Momo.

Le regard de sa sœur se tourne vers son petit frère.

– Tu veux bien ?

Il opine de la tête.

– Bon, je vais préparer à dîner, leur dit la mère, et vous apporterez à manger à madame Ginette.

– Oui, d'autant qu'on peut être sûrs maintenant qu'ils ne le répareront plus, l'ascenseur. Ils vont tout faire pour qu'on parte au plus vite.

Après le dîner, Fatima et Momo se rendent donc chez leur voisine.

Au grand bonheur de Momo, quand elle ouvre la porte, elle offre un visage

complètement différent. Elle semble regon-
flée à bloc, elle aussi, comme Fatima qu'elle
prend dans ses bras.

– Nous allons nous battre, n'est-ce pas,
ma petite ?

– Oui, madame Ginette. J'avais l'intention d'aller chez chaque voisin et…

– Non, ça prendrait trop de temps.
Regarde, j'ai préparé un mot à afficher en
bas dans l'entrée. On se réunira demain
soir, ici, chez moi, à 20 heures. Il faut que
nous créions une association de défense et
que nous montions un dossier. Quand il
y aura la réunion à la mairie, nous irons en
force, avec des arguments solides.

– Et vous croyez qu'on pourra les faire
changer d'avis ? demande Fatima qui n'a
pas l'air de trop y croire, malgré tout.

– Non, bien sûr ! soupire madame
Ginette. Le dynamitage est sans doute prévu
de longue date et nous n'y pourrons rien.
Ne perdons pas de vue que c'est tout de

même dans le but d'améliorer la vie dans la cité qu'ils font cela et que la majorité des gens des autres barres sont d'accord avec les projets de rénovation, ce qui est normal. Mais on ne va pas pour autant leur simplifier la tâche. La municipalité sait très bien qu'entrer en conflit avec nous ne lui faciliterait pas les choses et qu'elle a tout intérêt à nous écouter et satisfaire nos demandes. Nous allons donc lui demander de nous reloger décemment, sans augmentation de loyer et en prenant à sa charge tous les frais de déménagement.

– Alors, vous êtes d'accord pour partir ? se réjouit Momo.

– Pas du tout ! Moi, je reste. Mais je veux que vous partiez dans les meilleures conditions. C'est une bonne chose pour vous, Fatima. Ici, rénovation ou pas, les choses n'évolueront pas dans le bon sens, à mon avis. On vous donne l'occasion de partir, de construire quelque chose ailleurs, alors saisissez-la. C'est une merveilleuse opportunité pour vous et votre famille de changer de cadre. Et j'essaierai de vous obtenir le meilleur.

– Mais, madame Ginette, s'insurge Fatima, pour vous aussi c'est une merveilleuse occasion de partir, de vivre ailleurs !

– Non, pour moi, c'est trop tard. Mes souvenirs sont ici, ma vie est ici.

– Vous serez quand même obligée de partir ! intervient Momo. Ils ne vont pas dynamiter l'immeuble avec vous dedans !

– Eh bien, qu'ils viennent me chercher ! Mais en attendant, va donc punaiser ça sur le panneau dans l'entrée, mon petit Momo.

Tandis que Momo dévale les sept étages, madame Ginette entraîne Fatima dans la cuisine où elle réchauffe le plat préparé par madame Beldaraoui.

– Tu sais, Fatima, lui dit-elle, je ne suis pas folle. Je sais que je ne fais pas le poids et qu'ils me forceront à partir. Seulement, tu vois, cet appartement, c'est tout ce qui me reste dans la vie. Mon homme en avait fait une bonbonnière et jamais plus je n'en aurai d'identique. Quand ils me délogeront, j'irai tout droit en maison de retraite.

– Mais non, pourquoi ? proteste Fatima avec véhémence. Vous êtes encore jeune, madame Ginette…

– Ce sont mes enfants qui en ont décidé ainsi. C'est tout ce qu'ils ont trouvé pour me réconforter quand je leur ai annoncé la nouvelle du dynamitage. Pour moi, la maison de retraite, c'est l'antichambre de la mort…

Le cœur de Fatima se serre mais elle se sent terriblement impuissante devant le chagrin de sa voisine.

– Alors, tu comprends, ajoute madame Ginette en se forçant à rire, que moi, je n'ai rien à y perdre dans l'histoire et vous, vous avez tout à y gagner. Je vais leur rendre la vie impossible ! Il va y avoir du sport, allée des Crocus. On va bien s'amuser. N'est-ce pas, Momo ? lui lance-t-elle alors qu'il remonte en nage et essoufflé.

– N'est-ce pas quoi ?

– Qu'on va bien s'amuser ?

– Ben, je ne sais pas, répond-il en regardant sa sœur.

Mais le seul fait que madame Ginette ne pleure plus et rie le rassure, et il se dit que, finalement, s'il peut continuer à voir Émilie comme avant, l'idée de déménager ne lui déplaît plus du tout.

Fatima préfère ne rien lui dire concernant les aveux de madame Ginette. Momo lui semble suffisamment perturbé pour qu'elle n'en rajoute pas avec cette histoire, pour le moment.

La mort de monsieur Édouard, la mort du père, la violence de son frère, l'obligation de partir des Bleuets, Momo en a drôlement bavé ces derniers temps, le pauvre !

À chaque jour suffit sa peine.

Lorsqu'ils rentrent chez eux, elle attend que Momo aille se coucher pour tout expliquer à sa mère.

– Ouille, la pauvre Ginette ! se lamente madame Beldaraoui. La maison de retraite ? Les Belles Feuilles, comme monsieur Édouard ?

Quand le téléphone sonne, Fatima se demande quelle mauvaise nouvelle va encore lui tomber sur la tête.

– Ah, bonsoir, docteur... Non, vous ne nous dérangez pas... Ah, vous êtes au courant pour la barre ? Oui... Non, je ne sais pas encore... Vous voulez me voir ? D'accord... Demain ? Oui, c'est samedi mais je ne travaille pas. Très bien... Je viendrai avec Momo... D'accord... Bonsoir.

– *Chkoun* ? Qui c'est ? demande la mère.

– Le docteur Cohen. Il voudrait me parler... Il est au courant pour la cité... Bon, je verrai bien demain. C'est Momo qui m'inquiète, maman. Il est trop sensible, tu sais ? Il se fait du souci pour tout.

– Je sais, soupire la mère. C'est un gentil petit garçon… Pas comme Ahmed… T'as pas de nouvelles de lui ?

Elle a beau s'efforcer de faire comme si de rien n'était, Fatima perçoit parfaitement dans la voix de sa mère des bribes de chagrin.

– Non, et c'est tant mieux, maman.

– Dis pas ça, ma fille… Je *souis* inquiète ! J'ai peur qu'il fasse des grosses bêtises.

– Tant pis pour lui ! Papa est mort et il s'inquiète même pas de toi, de nous ? Oublie-le, va ! Il ne mérite pas que tu te fasses du souci pour lui.

10

– Mais si tu déménages, tu viendras toujours ici, au collège, non ? demande Émilie, à qui Momo vient d'annoncer la nouvelle tandis que Fatima discute avec le docteur.

– Je ne sais pas ! Tout dépend où ils vont nous reloger… Si c'est derrière le collège, oui, mais sinon… Si on part loin…

– Oh ! fait juste Émilie, consternée.

Puis une idée super lui traverse l'esprit :

– Et si tu venais habiter chez moi ? Tu pourrais prendre la chambre de ma sœur !

Momo sourit.

– Et ma famille, je la mettrais où ?

– Ben oui… Ce n'est pas possible, soupire-t-elle.

– Dis, tu écris tous les jours dans ton journal, toi ? lui demande Momo pour changer de sujet.

– Non, juste quand j'ai des choses à dire. Ce soir, je vais écrire que tu m'as annoncé qu'ils allaient démolir ton bâtiment et que ça me rend triste parce que je ne veux pas que tu partes ailleurs.

– Et un garçon, il peut avoir un journal, tu crois ?

– Bien sûr ! Il y a plein d'écrivains qui tiennent aussi leur journal.

Momo se dit que, pour son anniversaire, il demandera à Fatima de lui offrir un journal. Lui, il y écrira tous les jours car il a tous les jours des choses à raconter.

– Momo ! l'appelle Fatima.

– Ah, je dois partir ! dit-il en se levant.

– D'accord, à lundi, alors ?

– À lundi, répond Momo en rejoignant sa sœur.

Dès qu'ils se retrouvent tous les deux dans la rue, Momo lui demande :

– Alors, il voulait te dire quoi, le docteur ?

Fatima prend la main de Momo dans la sienne et l'embrasse.

– Oh, Momo, c'est trop beau ! Le docteur Cohen cherche une secrétaire, la sienne part à la retraite. Et il a pensé à moi pour la remplacer.

– Tu vas quitter l'hyper ?

– Oui, et je vais beaucoup mieux gagner ma vie, notre vie !

Fatima est si heureuse qu'elle se met à marcher en sautillant, entraînant Momo dans sa danse.

Momo se dit que ça fait très longtemps qu'il n'a pas vu sa grande sœur aussi heureuse et ça lui fait très très chaud au cœur.

– Tu sais, Fatima, tu es la sœur la plus accorte que je connaisse ! lui confie-t-il avec élan.

– À quoi ?

– *Accorte*, c'est mon mot n° 300. Ça veut dire gracieuse, avenante.

– Dis donc, Momo, si tu continues comme ça, bientôt, je ne te comprendrai plus du tout ! lui dit-elle en riant.

C'est peut-être l'occasion ou jamais de lui parler du journal. Après, elle sera trop occupée avec les histoires de la cité, pense-t-il très judicieusement. (*Judicieux*, avait dit l'imam. Le mot lui avait beaucoup plu, alors il avait un peu triché et était allé voir sa signification avant d'arriver à la lettre J car il avait très envie de l'utiliser, lui aussi.)

– Fatima ?

– Oui, mon Momo ?

– Je peux te demander quelque chose ?

Fatima sait parfaitement que les demandes de Momo sont toujours très raisonnables, parfaitement réalisables. C'est donc sans la moindre hésitation qu'elle lui répond :

– Tout ce que tu veux !

Momo se réjouit de ne pas s'être trompé.

– Pour mon anniversaire, j'aimerais bien un… journal.

– Un journal ? Quel journal ?

– Un journal intime.

– Oh, un journal intime ! Tu voudrais te mettre à écrire, c'est ça ?

– Oui, j'aimerais bien tenir un journal pour raconter tout ce qui se passe dans ma vie, lui répond-il très sérieusement.

– C'est une bonne idée. Qui te l'a donnée ?

Momo réfléchit avant de répondre. Doit-il dire Émilie ou Anne Frank ?

– Émilie, dit-il, optant pour la première parce qu'il n'a pas trop envie de parler d'Anne Frank qu'il préfère garder en secret dans son cœur, avec son île.

– D'accord, mais c'est dans longtemps, ton anniversaire. Tu vas pouvoir tenir ?

– Ben, je n'ai pas le choix.

– Si, tu as le choix.

– Comment ?

– On pourrait aller l'acheter tout de suite. Pas la peine d'attendre ton anniversaire.

Momo serre très fort la main de sa grande sœur tandis qu'ils se dirigent vers la librairie-papeterie du centre-ville.

– Choisis celui que tu veux ! lui propose Fatima alors qu'ils sont devant le rayon.

– Mais, Fatima, s'inquiète Momo, regarde, il n'y a que des trucs pour filles... Il faudrait aller au rayon garçons !

– Il n'y a pas de rayons journaux filles et garçons séparés ! s'esclaffe-t-elle. Mais attends, on va bien en trouver un... de garçon.

Effectivement, elle repère aussitôt un cahier dont la couverture est ornée d'un voilier voguant sur une mer d'azur et portant l'annotation : *Carnet de bord*.

– Celui-ci est pour toi ! triomphe-t-elle en le tendant à Momo qui est tout à fait d'accord et ravi.

Son journal, ce sera comme son île déserte, se réjouit-il.

Tout au long du chemin du retour, Momo garde son précieux cahier serré contre sa poitrine et, dès qu'ils arrivent à la maison, il se précipite dans sa chambre et le glisse sous son oreiller.

Puis il rejoint Fatima et la mère à la cuisine. Celle-ci est au courant de l'excellente nouvelle pour Fatima et pousse un youyou retentissant.

11

Après le dîner, alors que Fatima et sa mère sont montées à la réunion des locataires chez madame Ginette, Momo profite de ce que Rachid regarde la télé avec Rachida dans le salon pour sortir son cahier et le nouveau stylo que Fatima lui a également offert.

Il est ému devant la première feuille blanche comme neige avec de fines rayures bleu ciel.

Journal de Momo, petit prince des Bleuets, marque-t-il de sa plus belle écriture.

Puis il tourne la page.

Sur la suivante, il inscrit la date…

Il a remarqué que, dans son journal, Anne Frank s'était inventé une amie qu'elle appelait Kitty. C'est à elle qu'elle s'adressait toujours.

Lui, il a une amie bien vivante, Émilie, à qui il peut parler quand l'envie lui en prend, et un ami bien mort, monsieur Édouard.

Alors il n'a aucune hésitation :

Cher monsieur Édouard, écrit-il encore avant de commencer.

Depuis que vous m'avez quitté, la vie n'est plus la même aux Bleuets…

Momo s'applique, tire la langue. Il veut que ce soit bien écrit et sans fautes. On n'écrit pas à un ancien instituteur de la République avec des fautes d'orthographe. Il est tellement absorbé qu'il ne prête plus la moindre attention à ce qui se passe autour de lui et ne remarque donc pas que la télévision s'est éteinte. Quand la porte s'ouvre sur Rachid venant se coucher,

Momo n'a pas le temps de dissimuler son cahier et son cœur se met à battre à tout rompre car il ne veut pas que son frère sache qu'il tient un journal.

Heureusement que celui-ci n'y prête guère attention. Il a l'habitude de trouver Momo en train de faire ses devoirs dans sa chambre le soir et ne pose donc aucune question. Momo attend que Rachid enfile son pyjama, grimpe à l'étage supérieur du lit, se glisse sous les draps et se tourne vers le mur. Il s'endort aussitôt, sans même demander à Momo d'éteindre immédiatement la lumière. Soulagé, Momo continue donc de décrire à monsieur Édouard tout ce qui s'est passé aux Bleuets depuis sa disparition.

Il ignore depuis combien de temps il écrit mais les pages se noircissent les unes après les autres. Tant et si bien que l'horloge tourne et tourne, jusqu'au moment où il entend la porte d'entrée s'ouvrir. Ce sont

Fatima et sa mère qui reviennent de la réunion des locataires.

Momo se précipite au salon.

– Alors ? leur demande-t-il.

– Hé, Momo, tu ne dors pas ? s'étonne sa mère. Tu es encore tout habillé, qu'est-ce que tu faisais ?

– J'écrivais, répond-il, car il ne sait pas mentir. Alors, ça s'est passé comment ?

On dit qu'une mauvaise nouvelle n'arrive jamais seule.

Chez Momo, ces derniers temps, c'est en cortège qu'elles défilent. Alors il s'attend au pire. Et, à la tête de Fatima, il comprend que les nouvelles ne sont pas bonnes.

Elle s'affale sur le canapé et lui fait signe de s'installer à ses côtés tandis que la mère va se coucher.

– Une grande partie des locataires de l'immeuble ne sont pas en règle avec leurs loyers qu'ils ne paient plus et craignent d'être tout simplement expulsés sans relogement. Ceux-là ont déjà tous reçu des avis d'expulsion mais refusent de partir. Ils risquent donc d'être mis à la porte de force. D'autres ont peur pour leurs permis de séjour arrachés de haute lutte et ne veulent pas se faire remarquer. Et puis, il y a ceux qui ont décidé de partir ailleurs. Et, surtout, la plupart des locataires de la cité des Bleuets sont ravis de la destruction de notre tour qui sera suivie d'un grand programme de réhabilitation. Alors, eux n'en ont rien à faire de nos problèmes. Résultat des courses, nous ne sommes que trois-quatre familles à vouloir et surtout pouvoir nous défendre, et nous ne ferons pas le poids. J'en ai conclu que chacun allait devoir se battre tout seul pour sa pomme.

– Mais c'est peut-être mieux ! s'exclame Momo, qui essaie toujours de voir le bon côté des choses. Comme ça, ce sera plus facile de bien nous reloger ailleurs.

Fatima sourit en passant la main dans les cheveux de son petit frère.

– Je ne sais pas. Nous verrons cela jeudi prochain à la mairie. Allez, file, maintenant ! Tu devrais être au lit depuis longtemps.

– Mais non, Fatima, c'est dimanche demain ! Il n'y a pas école. On peut dormir.

Effectivement, le dimanche, on peut dormir, sauf si on est réveillé dès huit heures du matin par un incroyable vacarme dans le salon.

Rachid bondit de son lit, Momo le suit, Yasmina et Rachida les ont devancés.

Tous ont un petit moment d'hésitation avant de reconnaître leur frère aîné, en djellaba et crâne rasé, l'œil mauvais, agrippant Fatima par le poignet.

La mère est assise sur le canapé, le visage en larmes. Momo remarque alors que son frère n'est pas venu seul. Un autre homme, assez âgé, en djellaba également, ventru et rougeaud, l'accompagne.

– Filez tous dans vos chambres ! hurle Ahmed.

Les enfants détalent et se réfugient dans celle des filles.

Momo tremble de tout son corps. Il craint que cette fois Ahmed fasse du mal à sa sœur. Il se dit que, s'il l'entend pousser le moindre cri, il foncera à son secours.

Yasmina colle l'oreille à la porte mais ce n'est pas nécessaire. Les murs de l'appartement sont en carton et on entend tout, non seulement d'une pièce à l'autre mais d'un bout de la tour à l'autre.

– À dix-neuf ans, tu devrais être mariée ! entendent-ils. Et comme papa n'est plus là, c'est à moi de m'en occuper…

Momo frémit.

– Kader est un homme sérieux. Veuf, il a trois enfants… C'est parfait pour toi. Quant à Yasmina, je lui trouverai quelqu'un au bled. Rachid, lui, à la rentrée, il ira à l'école cora...

– Ça suffit ! l'interrompt soudain la mère d'une voix si stridente que Momo se demande s'il s'agit d'elle ou de Fatima. Fatima n'épousera pas un vieux veuf avec trois enfants. Elle choisira elle-même, tu m'entends ? Yasmina n'ira pas au bled, ni nulle part où elle n'aura pas envie d'aller. Et Rachid n'ira pas non plus à l'école coranique. C'est moi qui commande ici ! Toi, tu fais qu'apporter le malheur sur cette maison. Un fils qui n'est pas capable de gagner son pain et d'aider sa famille à vivre ne mérite pas d'être appelé un fils ! Un frère qui ne veut que la tristesse et la peine pour ses frères et sœurs ne mérite pas d'être un frère. Va-t'en de cette maison avant que j'aille chercher ma poêle ! Et cette fois, n'y reviens plus jamais, tu m'entends ?

– Ma sœur, calme-toi ! essaie d'intervenir l'autre homme.

– Je *souis* pas ta sœur ! hurle encore la mère. Je te connais pas et sortez maintenant, tous les deux !

– Mais… essaie de protester Ahmed, tandis que sa mère court vers la porte et l'ouvre.

– Dehors ! répète-t-elle une dernière fois.

Au bruit de la porte qui claque, les enfants se ruent au salon.

Momo se jette dans les bras de sa grande sœur qui est restée pétrifiée au milieu de la pièce. Sur le visage de la mère, une grande colère mais plus la moindre trace de larmes.

Ses enfants l'entourent et se serrent contre elle. On rit et on pleure.

– Jamais personne fera de mal à mes enfants ! leur dit-elle. Pas même Ahmed ! Il n'est plus mon fils, il n'est plus votre frère.

C'est à Fatima de fondre en larmes.

L'intrusion d'Ahmed avec cet homme l'a tant surprise qu'elle en a perdu toutes ses capacités de défense.

Que se serait-il passé si la mère n'avait pas été là et qu'ils l'avaient emmenée de force ?

Quelques minutes plus tard, ils se retrouvent dans la cuisine, blottis les uns contre les autres et prenant leur petit déjeuner en silence. Quand on sonne à la porte, tous tressaillent.

Momo sent les larmes perler et se jette sur Fatima, comme pour la protéger.

– J'y vais, leur dit la mère.

Ce n'est que madame Ginette.

– Eh ben, dites donc ! Il en a pris pour son grade, votre Ahmed !

– Ce n'est plus mon Ahmed, proteste la mère.

– Au moins, tout l'immeuble est au courant ! s'esclaffe Ginette. Je l'ai vu partir de ma fenêtre. Il faisait moins le fier.

– Le connaissant, il ne va pas en rester là, soupire Fatima. J'ai surtout peur pour Yasmina. Je ne veux plus que tu ailles toute seule au collège. Rachid, il faudra que tu veilles sur ta sœur, d'accord ?

– D'accord, répond-il pour une fois, ce qui surprend tout le monde.

12

Quand Momo relate dans son cahier les derniers événements, il ne peut s'empêcher de laisser échapper une larme qui dilue immédiatement l'encre en formant une tache. Il en est consterné et se demande s'il doit arracher la page et recommencer, mais il se ravise. La trace de cette larme sera la marque indélébile, la preuve de sa terrible peine et de celle ressentie par toute la famille.

Il se demande si Anne Frank pleurait aussi en écrivant. Sur le livre, ça ne se voit pas, en fait.

N'empêche que, les jours suivants, aucune nouvelle d'Ahmed. Et Rachid, qui est au courant de tout ce qui se passe dans la cité, a entendu dire qu'il était parti, loin.

– À l'étranger, même, a-t-il confié à sa fratrie.

– Bon vent ! a dit Fatima, qui ne relâche pas pour autant la garde et qui exhorte Yasmina à faire de même.

Mais Fatima a d'autres soucis et la mère soupire davantage du matin au soir tant la vie n'est pas drôle, décidément.

La réunion à la mairie a eu lieu et ils étaient peu nombreux des Bleuets à y participer. Le maire a bien sûr promis encore des tas de choses mais Ginette n'est pas du genre à se contenter de promesses en l'air. Alors, elle lui a demandé un entretien en tête à tête qu'il n'a pas pu lui refuser car Ginette, tout le monde la respecte et l'écoute.

Fatima ignore ce qu'elle lui a dit mais quand elle est rentrée, Ginette l'a rassurée.

– Ne te fais pas de souci, ma jolie. Pour vous, tout finira par s'arranger.

Ses yeux se sont embués et elle est remontée péniblement chez elle, gravissant marche après marche en grimaçant de douleur.

Mais elle est fière d'avoir pu arracher au maire une vraie promesse.

Ce que Fatima ignore, c'est qu'elle lui a carrément fait peur en menaçant de sauter de la fenêtre de son septième étage si ses amis n'étaient pas relogés dans le nouveau quartier en construction.

– Avouez que ça ferait une sacre tache sur votre réputation, lui a-t-elle dit. Imaginez les titres des journaux : *Une vieille dame résidant aux Bleuets depuis plus de quarante ans se suicide pour cause d'expulsion !*

– Mais nous sommes tout à fait prêts à vous offrir un appartement dans le nouveau lotissement ! a protesté le maire.

– Ttttt... Ce n'est pas de moi qu'il s'agit. Moi, j'ai une possibilité de relogement. Mes enfants chéris ont tout prévu. Mais cette famille a traversé suffisamment d'épreuves pour ne pas en rajouter. C'est pour elle que je suis venue vous voir.

Une promesse formelle dans la poche, Ginette est rentrée chez elle plus heureuse qu'elle ne l'avait été depuis bien longtemps.

Depuis, elle refuse d'en sortir et c'est la famille Beldaraoui qui s'occupe d'elle.

Quelques jours plus tard, deux dames viennent chez les Beldaraoui pour parler avec eux de leur relogement.

La mère a sorti les pâtisseries et servi le thé à la menthe.

Fatima a dit à ses frères et sœurs de se faire beaux, de s'installer sur le canapé et d'être extrêmement sages et polis.

Momo a demandé s'il devait mettre un nœud papillon mais Fatima lui a répondu que ce n'était pas nécessaire.

Les dames demandent à voir l'appartement et s'extasient devant la bibliothèque de Momo.

– C'est à Momo, tous ces livres ! leur explique la mère. C'est un génie, vous savez, madame ? Demandez à la directrice de l'école primaire, elle vous dira que Momo, plus tard, il sera avocat ou médecin.

Les dames sourient. Elles trouvent cette famille bien sympathique, ce qui n'est pas toujours le cas dans cette cité. Elles pensent qu'avec ces gens elles n'auront pas trop de soucis. En plus, on leur a demandé de les soigner aux petits oignons. Apparemment, ils ont des relations…

Elles sont arrivées la tête pleine d'*a priori*. Momo aime particulièrement ce mot qui signifie *en se fondant sur des données admises avant toute expérience*, ce que lui traduit par « on ne voit bien qu'avec les yeux du cœur ». Mais s'il aime ce mot, c'est parce qu'il est invariable. Et c'est drôlement rare, les mots invariables. La plupart prennent au moins un s quand ils sont plusieurs. Eh bien, pas celui-ci ! Et Momo trouve que c'est épatant, un mot qui ne bouge jamais de la vie. Même si lui est tout à fait d'accord pour bouger et n'est donc pas invariable du tout.

Elles sont donc arrivées la tête pleine d'*a priori* et repartiront de chez les Beldaraoui avec au cœur une certitude : il faut aider cette famille.

– L'idéal pour vous serait un T5, en fait.

– Moi, je préférerais une petite maison, madame s'il te plaît, avec un jardin pour les petits, lance carrément la mère tandis que Fatima tremble de son audace.

La dame lance un regard affectueux en direction des enfants qui se ratatinent sur le canapé pour paraître plus petits encore.

– Mangez, mangez ! leur dit la mère en leur tendant le plateau de pâtisseries.

– Merci, madame Beldaraoui. Ils sont délicieux, vos gâteaux. Bon, en ce qui concerne votre relogement, nous vous donnerons des nouvelles bientôt.

Et la vie a repris son cours normal à la cité des Bleuets...

Sauf que Fatima, maintenant, travaille comme secrétaire médicale chez le docteur Cohen et que la mère ne doit plus se lever à l'aube pour aller faire les ménages des bureaux. Ginette lui a trouvé des horaires de jour à l'école primaire de la cité des Bleuets, où la directrice est très contente de la revoir et lui demande tous les jours des nouvelles de Momo.

Oui, la vie a repris son cours normal jusqu'au jour où une lettre arrive de la société HLM.

Quand Momo rentre du collège, il la voit posée sur le meuble de l'entrée.

Il faut attendre que tout le monde soit là pour l'ouvrir.

Fatima la leur lit à voix haute :

– *Madame,*

Par la présente, nous sommes heureux de vous annoncer que nous sommes d'ores et déjà en mesure de vous offrir une proposition de relogement suite à la destruction prochaine de votre immeuble sis à la cité des Bleuets. Nous vous invitons donc à venir visiter les lieux…

C'est une explosion de joie ponctuée d'un strident youyou qui retentit dans l'appartement.

– Attendez ! les modère Fatima. Vous ne savez même pas où c'est…

– *… Merci de contacter nos services afin de convenir d'un rendez-vous…*

– Appelle tout de *souite*, dit la mère.

– C'est fermé, maman. J'appellerai demain.

Ce soir-là, Momo écrit à monsieur Édouard de ne plus s'inquiéter pour lui, que tout va bien mieux et ira encore mieux quand ils seront partis de là.

Quelques jours plus tard, Fatima rentre à la maison les yeux emplis d'étoiles.

– Habillez-vous ! leur dit-elle, je vous emmène voir notre future maison... aux Coquelicots.

En disant cela, elle regarde Momo.

– Aux Coquelicots ? ne manque-t-il pas de s'étonner.

– Oui, c'est ainsi que s'appelle le nouveau lotissement. C'est là que nous allons habiter !

Tandis que toute la famille se prépare dans l'euphorie, Momo tourne et retourne le mot dans sa tête : coquelicot, coquelicot... Il adore !

– Tu as bien dit « maison » ? demande Yasmina à Fatima.

– Oui, maison, confirme-t-elle.

Toute la famille traverse l'esplanade de la cité des Bleuets et emprunte le boulevard menant au collège.

Derrière celui-ci se dressent quelques petits immeubles tout neufs, mais aussi de jolies maisons encore en construction.

– Voilà, c'est chez nous ! s'exclame Fatima en leur désignant l'une d'elles.

Ils en restent sans voix.

– C'est trop fort ! finit par lâcher Yasmina en faisant bruyamment exploser son chewing-gum.

– Ça déchire ! s'exclament en chœur Rachid et Rachida.

Quant à Momo, il se tait, se contentant de serrer très fort la main de sa grande sœur.

– Nous aurons même un petit jardin de l'autre côté, où tu pourras planter des trucs, si tu veux ! lui chuchote-t-elle à l'oreille.

La famille ne peut pas y entrer car la porte est fermée à clé mais chacun colle son visage contre les vitres en échafaudant déjà les plans de leur futur bonheur.

– C'est grâce à madame Ginette, leur explique encore Fatima. Je ne sais pas ce qu'elle leur a dit mais elle leur a mis une sérieuse pression.

– Ce sera fini quand ? demande Yasmina.

– Il y aura combien de chambres ? s'inquiète Rachida.

– Ce sera fini au printemps. Et il y aura quatre chambres ! répond leur sœur. Maman aura la sienne et ne sera plus obligée de dormir sur le clic-clac du salon. Il y a une chambre en bas avec une salle d'eau. Ce sera pour elle. Moi, j'aurai la mienne, aussi, jusqu'à ce que...

– Ce que quoi ? s'alarme aussitôt Momo.

– Jusqu'à ce que je me marie !

Ouf ! se dit Momo. Ce n'est pas pour tout de suite.

– Et vous, vous aurez une chambre pour deux : Rachida et Yasmina, et Momo et

Rachid. Mais vos chambres seront beau-coup plus grandes et vous pourrez avoir chacun votre coin et chacun votre lit. Finis, les lits superposés !

Les enfants applaudissent et Momo se dit que, finalement, le malheur ne dure jamais trop longtemps. Il ne peut s'empê-cher d'avoir une pensée pour son papa : il aurait été si heureux... Quoiqu'il n'en soit pas si sûr, finalement. Si ça se trouve, leur père aurait été très malheureux d'avoir à quitter la cité... Alors, il se console en pen-sant que c'est peut-être mieux que ce soit arrivé après.

– Pour fêter ça, je vous invite tous au restaurant ! leur annonce encore Fatima pour couronner le tout.

– Et madame Ginette ? demande Momo.

– Je lui ai proposé mais elle ne veut pas descendre à cause de la panne de l'ascenseur.

Et voilà que soudain Momo pose une question cruciale :

– Madame Ginette, elle sera relogée où, au fait ?

Fatima se tait, embarrassée.

– Elle sera relogée où ? insiste Momo.

– Ses enfants veulent la mettre aux Belles Feuilles ! finit par lâcher Fatima du bout des lèvres.

Momo sent alors un grand froid l'envahir.

– Madame Ginette aux Belles Feuilles, comme monsieur Édouard ! Mais pourquoi ? Elle a la maladie d'Alzheimer, aussi ?

– Non ! Mais elle ne veut pas quitter les Bleuets, elle ne veut pas habiter ailleurs. Alors ses enfants ont pensé qu'elle serait mieux aux Belles Feuilles...

– Mais elle n'a pas droit à une maison, aussi, comme nous ?

– Non, elle est toute seule. Elle pourrait avoir un autre appartement, aux Coquelicots, mais elle ne veut pas.

– Et elle veut aller aux Belles Feuilles ?

– Je crois qu'elle s'y est résignée. Tu sais, il n'y a pas que des malades d'Alzheimer, aux Belles Feuilles. Il y a des personnes âgées qui préfèrent vivre avec d'autres personnes plutôt que de rester seules des journées entières. Et puis, les Belles Feuilles, c'est juste à côté, tu pourras aller la voir comme tu le faisais pour monsieur Édouard.

Momo baisse la tête. La dernière fois qu'il a mis les pieds aux Belles Feuilles, c'était pour constater que la chambre 107, celle de son ami, était vide.

Il n'est pas sûr de vouloir y retourner.

13

Le printemps est arrivé.

La famille Beldaraoui a déménagé.

À cette occasion, Momo a décidé de parler à Fatima du livret d'épargne laissé par son père.

– Je le savais, lui dit-elle en souriant. Papa m'en a parlé, finalement. Il m'a même donné une procuration sur ce compte au cas où nous aurions de gros ennuis financiers. Mais cet argent est à toi, Momo. Papa l'a économisé sou par sou pour te payer des études. Il a tout de suite compris que tu étais un petit garçon qui irait loin.

– Mais je voudrais qu'on prenne l'argent pour se faire une belle maison, Fatima, s'il te plaît. Je ne veux pas cet argent que pour moi. Ce n'est pas juste. Les études, je me les paierai tout seul. Je serai grand et je travaillerai très dur. Mais en attendant, nous serons heureux tous ensemble dans la nouvelle maison.

Fatima a fini par céder et ils ont prélevé une partie de la somme pour s'installer.

Maintenant, chacun a son coin dans la maison et Momo dispose d'un vrai bureau pour lui tout seul, avec une bibliothèque aussi. C'est le docteur Cohen qui le lui a offert.

– C'était mon bureau d'étudiant, lui a-t-il confié. Je n'ai jamais pu m'en séparer. Il était à la cave car mes filles n'en voulaient pas, trouvant que c'était un bureau de garçon ! Alors, je me suis dit que, peut-être, cela te ferait plaisir d'en hériter.

Momo est resté sans voix devant le magnifique bureau en bois avec des tiroirs dont l'un ferme même à clé. Il y a donc enfermé son journal.

Madame Ginette est aux Belles Feuilles depuis quelques semaines et, contre toute attente, voilà qu'elle s'y trouve plutôt bien. Elle n'est pas dans la chambre 107 mais dans un petit appartement qu'elle a pu aménager à son goût. La famille Beldaraoui, aidée du docteur Cohen, l'a aidée à transporter les meubles qu'elle désirait garder, et Momo trouve son nouvel appartement aussi joli que le précédent. Elle est libre d'aller et venir, et vient souvent partager l'excellent couscous de la mère, qui ne fait plus le ménage chez les autres, mais le sien, et qui passe son temps à faire briller sa propre maison.

L'année scolaire se termine déjà.

Momo et Émilie passent en cinquième avec les félicitations de tous leurs professeurs.

Rachid et Rachida qui se sont bien assagis passent eux en quatrième, et Yasmina en troisième.

Madame Beldaraoui peut être fière de ses enfants.

Fatima, qui s'est sacrifiée pour sa famille, se dit qu'elle a accompli sa mission, que son père peut reposer en paix.

Puis le jour de la démolition est venu.

Toute la famille s'y rend.

Au passage, ils vont chercher madame Ginette aux Belles Feuilles.

Leur immeuble, fenêtres murées et vidé de ses habitants, offre une bien triste figure. Momo en éprouve des sentiments mitigés. C'est tout de même là qu'il est né, qu'il a grandi et où il avait fait la connaissance de monsieur Édouard. C'est également là que son papa les a quittés...

Mais il se dit qu'il faut tourner la page, regarder dans une autre direction et continuer d'avancer.

Comme tous les anciens habitants et tous ceux de la cité, ils sont venus assister à la mise à mort, aux derniers instants de vie de ces lieux où ils auront passé une partie de la leur, pour le pire mais aussi le meilleur.

Enfermée dans une sorte de filet géant, la tour se dresse devant eux pour quelques instants encore. Puis retentit le compte à rebours. Chacun retient son souffle. Ensuite, tout va très vite : une série d'explosions et voilà les dix étages du monstre décharné qui s'affaissent sur eux-mêmes dans un épais nuage de poussière et une pluie de gravats. Quelques personnes applaudissent. Des femmes poussent des youyous, mais certains, comme Momo et sa famille, ont bien du mal à contenir leur émotion.

Le spectacle est terminé.

– Quand Ahmed reviendra, il pourra toujours nous chercher ! lance alors Yasmina pour faire diversion.

C'est un éclat de rire général qui accueille ses propos.

Et ils rentrent chez eux, dans leur jolie maison, bras dessus bras dessous, avec madame Ginette qui fait partie de leur famille et Émilie qui voulait à tout prix être aux côtés de son ami dans ces moments difficiles, mais aussi Mehdi, l'amoureux de Fatima, qui est étudiant en médecine. C'est chez le docteur Cohen qu'ils ont fait connaissance alors que le jeune homme était en stage dans son cabinet.

Même si une seule des tours de la cité des Bleuets a été détruite, Momo sait qu'elle est définitivement morte pour lui.

Il sait qu'il a définitivement perdu son royaume mais aussi ses rêves d'enfant.

Parce que ainsi va la vie, parce qu'on ne reste pas éternellement un enfant.

Le soir de la visite de la nouvelle maison, il avait écrit dans son journal :

Cher monsieur Édouard,

Je crois que Momo, petit prince des Bleuets,

n'existe plus. Il s'est transformé en Momo des Coquelicots...

Et cette nuit-là, son vieil ami lui avait rendu une petite visite.

Installé sur le bord de son lit, ses deux mains reposant sur le pommeau de sa canne, il lui avait demandé :

– Connaissez-vous, Votre Altesse, la légende des coquelicots ?

– Non, avait répondu Momo.

– Dans la mythologie grecque, le coquelicot est associé à Déméter, la déesse de la fertilité et mère nourricière, qui avait tout pouvoir sur les cycles de la nature. Un jour, alors que sa fille Perséphone cueillait des coquelicots, sa fleur préférée, elle fut enlevée par Hadès, le dieu des Enfers, qui l'épousa. Inconsolable, Déméter menaça de détruire toutes les moissons si on ne lui rendait pas sa fille. Alors, Zeus parvint à persuader Hadès de laisser la jeune fille auprès de sa mère une partie de l'année.

Depuis, chaque année, dès qu'arrivent les beaux jours, des milliers de coquelicots recouvrent les champs. L'on prétend aussi que glisser quelques graines de coquelicot sous son oreiller promet de beaux rêves.

Momo s'était endormi le sourire aux lèvres. Il l'aime beaucoup, cette légende, presque autant que celle des bleuets.

Arrivé chez lui, tandis que les femmes préparent un repas de fête, Momo prend Émilie par la main et l'entraîne vers le jardin.

– Regarde, lui dit-il en désignant une plate-bande fleurie. C'est moi qui les ai plantées.

– C'est quoi comme fleurs ? demande Émilie.

– Ce sont des bleuets, bien sûr ! Les bleuets des Coquelicots ! s'esclaffe Momo.

L'auteur

Yaël Hassan est née en 1952 à Paris. Après avoir passé son enfance en Belgique, son adolescence en France, puis une dizaine d'années en Israël, elle revient s'installer en France avec son mari et ses deux filles. Elle y poursuit sa carrière dans le tourisme jusqu'en 1994. Victime d'un accident de voiture, elle mettra à profit le temps de son immobilisation pour écrire son premier roman, *Un grand-père tombé du ciel*, qui sera suivi d'une trentaine d'autres romans pour la jeunesse.

Du même auteur

Aux éditions Syros :

Momo, petit prince des Bleuets, coll. « Tempo », 2003, 2006

Un arbre pour Marie, coll. « Tempo », 2003

Chez d'autres éditeurs :

Un grand-père tombé du ciel, Casterman, 1997

La promesse, Père Castor-Flammarion, 1999

Le professeur de musique, Casterman, 2000

Hé, petite !, La Martinière, 2003

L'ami, Casterman, 2003

Tant que la terre pleurera, Casterman, 2004

Sacré Victor !, Magnard, 2005

La bonne couleur, Casterman, 2006

J'ai fui l'Allemagne nazie, Gallimard, 2007

Suivez-moi-jeune-homme, Casterman, 2007

Une grand-mère comment ça aime ?, La Martinière, 2008

Albert le toubab, Casterman, 2008

Le garçon qui détestait le chocolat, Oskar, 2009

Libérer Rahia, Casterman, 2010

Dans la collection
tempo

Dans la collection
tempo+

Loi n° 49 956 du 16 juillet 1949
sur les publications destinées à la jeunesse

Mise en pages: DV Arts Graphiques à La Rochelle
N° d'éditeur: 10174154 – Dépôt légal: octobre 2010
Imprimé en France par Hérissey à Évreux (Eure)
N° d'imprimeur : 115127